U0840493

EX LIBRIS

中国作家协会2019年度少数民族文学重点作品扶持项目

宝贵敏 著

沉默的词

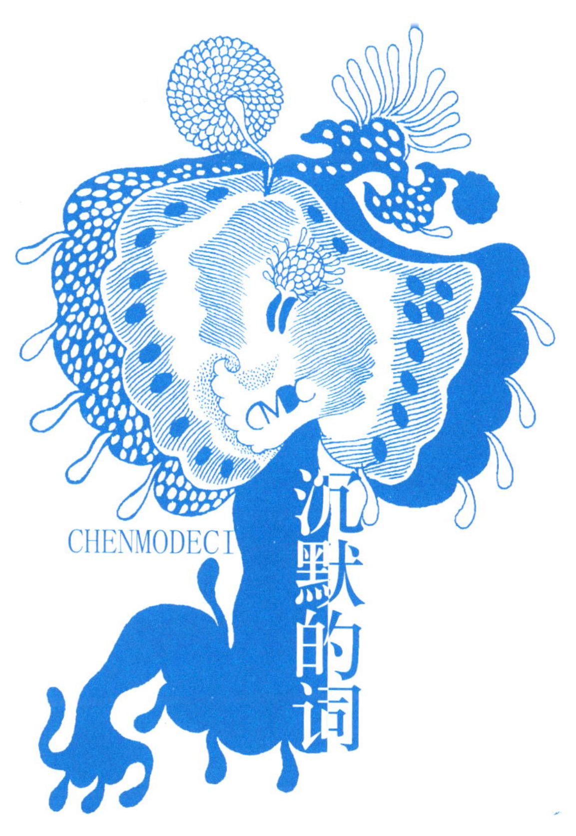

民族出版社

宝贵敏（卓拉）

蒙古族。祖籍内蒙古自治区奈曼旗，现居北京。哲学硕士。著有《翡翠时间》《额吉河——17位蒙古族妇女的口述历史》《行走京城草原间》等作品。在全国各类报刊，发表散文、诗歌、文艺评论及论文数百篇（首）。供职于民族出版社。中国作家协会会员。

文後請加此註：
註：《大历史：從宇宙大霹靂到今天的人類世界》
作者 辛西婭．史托克斯．布朗（Cynthia Stokes Brown）
譯者 楊惠君、蔡耀緯
馬可孛羅文化
2017年12月初版

初相遇

席慕蓉

最近在讀一本屬於"大历史"系列的書，作者是美國加州多明尼克大学的辛西婭．史托克斯．布朗教授。（註）

我很喜欢這位教授的敍說方式，比較溫暖，比較貼近。尤其有許多本該是屬於生物学上的解釋，到了她的筆下竟然充滿了詩意。譬如這一段：

"每個人的生命都是從一個細胞開始的，地球上所有的生物亦復如是，我们只是把這個事實重新操演。（中略）我们的血液仍然有海水的鹽分；我们的淚水及汗水都是海水，證明生物的起源來自大海。我们的孩子有長達九個月的時間，在充滿了水的環境生長發育；地球上的生物沒有一种不是在潮濕的環境裡開始發育的。人類的嬰兒在胚胎時期還長出了臨時的鰓，看起來就像胎兒耳朵後面的小疤，接下來才会發育出呼吸用的肺臟。我们的身体和地表一樣，含有百分之六十五的水。地球是人類最深刻也最原初的歸宿。"

序·初相遇

席慕蓉

最近在读一本属于“大历史”系列的书，作者是美国加州多明尼克大学的辛西娅·史托克斯·布朗教授。[①]

我很喜欢这位教授的叙说方式，比较温暖，比较贴近。尤其有许多原该是属于生物学上的解释，到了她的笔下竟然充满了诗意。譬如这一段：

每个人的生命都是从一个细胞开始的，地球上所有的生物亦复如是，我们只是把这个事实重新操演。（中略）我们的血液仍然有海水的盐分；我们的泪水及汗水都是海水，证明生物的起源来自大海。我们的孩子有长达九个月的时间，在充满了水的环境生长发育；地球上的生物没有一种不是在潮湿的环境里开始发育的。人类的婴儿在胚胎时期还长出了临时的鳃，看起来就像胎儿耳朵后面的小疤，接下来才会发育出呼吸用的肺脏。我们的身体和地表一样，含有百分之六十五的水。地球是人类最深刻也最原初的归宿。

---

① 辛西娅·史托克斯·布朗（Cynthia Stokes Brown）：《大历史：从宇宙大霹雳到今天的人类世界》，杨惠君、蔡耀纬译，马可孛罗文化，2017 年 12 月初版。

>此行是預留的空行。

我想，是不是因為身為女子，同時也是兩個男孩的母親，布朗教授在解釋"孕育"這件事的時候，最初是以"我們的孩子"起始，後來才用"人類的嬰兒"來接續。雖說是與前後的文氣配合有關，不過，這裡面有种只有一樣是母親的讀者才能体会到的近乎幽微的幸福感。

是的，"孕育"這個詞語本身，原來就帶着幾近欢欣的希冀和盼望。而無論是從"生物学"或是"神話学"的角度來觀看，在浩瀚又深邃的宇宙间，這一场又一场如何將物質與能量組合進而竟能成為獨立生命的過程，真的是如此順序漸進的精確完成卻在同時又是神秘莫測的奇蹟啊！

它可以是長達四十六億年的今日我們終能棲身於其上的整個地球的生物演化史，卻也可以是一個年輕的婦人以九個月的時間用自己的生命來親身体驗孕育出另外一個小小生命的全部過程。

母親與孩子的"初相遇"，或許要比聽到初生嬰兒的第一声啼哭還要更早吧？会不会早到胚胎還是以鰓呼吸的游動中，那沉默的詞語溝通就已經出現了呢？

可惜的是，那樣幽微的幸福時刻，我們許

我想，是不是因为身为女子，同时也是两个男孩的母亲，布朗教授在解释“孕育”这件事的时候，最初是以“我们的孩子”起始，后来才用“人类的婴儿”来接续。虽说是与前后的文气配合有关，不过，这里面有种只有一样是母亲的读者才能体会到的近乎幽微的幸福感。

是的，“孕育”这个词语本身，原来就带着几近欢欣的希翼和盼望。而无论是从“生物学”或是“神话学”的角度来观看，在浩瀚又深邃的宇宙间，这一场又一场如何将物质与能量组合进而竟能成为独立生命的过程，真的是如此顺序渐进的精确完成却在同时又是神秘莫测的奇迹啊！

它可以是长达四十六亿年的今日我们终能栖身于其上的整个地球的生物演化史，却也可以是一个年轻的妇人以九个月的时间用自己的生命来亲身体验孕育出另外一个小小生命的全部过程。

母亲与孩子的“初相遇”，或许要比听到初生婴儿的第一声啼哭还要更早吧？会不会早到胚胎还是以鳃呼吸的游动中，那沉默的词语沟通就已经出现了呢？

可惜的是，那样幽微的幸福时刻，我们许多作母亲的都没能把它写下来，那样珍贵的线索就终于遗失了……

多作母親的都沒能把它寫下來，那樣珍貴的線索就終於遺失了……

幸好，今天有了這一本《沉默的詞》。

宝貴敏，這位年輕的母親，這位年輕的詩人，她其實是在為兩個生命的初相遇同時書寫。當她把幼小美好的孩子抱在懷中，那種全神貫注的肉身感受在瞬間直達性靈深處，是真正的母子連心，使她能既是母又是子，生命的源頭匯聚如滿溢的海洋，掀起一波又一波起伏的波。所以她來不及地寫："那些名詞向我湧來。星星般閃着光亮……"或者，一轉身，她又寫："一個深藍的名字。遼遠。自由。迷戀於深藍的秘密……"

重疊或者往返於兩個生命的肉身與心靈之間，既是凝神靜氣的感受、聚精會神的搜尋，卻又是毫無負担的書寫（或許，這才是書寫的真義）。譬如這首〈關於一場雪的傳說〉中間的幾句：

"也許，我的牙床，深諳成長的秘密。
因為，我的每一次呼吸，都有汁液漫過
　　　　　　　　漫過柔軟的牙床。
幼小的口腔，单純而乾淨。我的牙床
躺在裡面，似乎在等待一場雪。

幸好，今天有了这一本《沉默的词》。

宝贵敏，这位年轻的母亲，这位年轻的诗人，她其实是在为两个生命的初相遇同时书写。当她把幼小美好的孩子抱在怀中，那种全神贯注的肉身感受在瞬间直达性灵深处，是真正的母子连心，使她能既是母又是子，生命的源头汇聚如满溢的海洋，掀起一波又一波起伏的浪。所以她来不及地写："那些名词向我涌来。星星般闪着光亮……"或者，一转身，她又写："一个深蓝的名字。辽远。自由。迷恋于深蓝的秘密……"

重叠或者往返于两个生命的肉身与心灵之间，既是凝神静气的感受、聚精会神的搜寻，却又是毫无负担的书写（或许，这才是书写的真义）。譬如这首《关于一场雪的传说》中间的几句：

也许，我的牙床，深谙成长的秘密。
因为，我的每一次吮吸，都有汁液漫过，漫过柔软的牙床。
幼小的口腔，单纯而干净。我的牙床，躺在里面，似乎在等待一场雪。
时间是缓慢的。等待也是。
宛如一场前世的梦。雪花渐渐成为背景。
……

時间是緩慢的。等待也是。
宛如一场前世的夢。雪花漸漸成為背景。
…… …… ……”

我也喜欢這首〈身体裡的樹〉，整首詩都安靜又明亮。這裡容我只摘取後段的幾行：

“一棵樹的美，在呼吸中圓滿。
那些漂泊的露珠，于清晨找到來處。
天地靜默。蒼茫而至。
一棵身体裡的樹，如往昔般，透明，澄澈。

是的，《沉默的詞》記下的是“孕育”本身的質地：圓滿，透明，澄澈。是全然的新，却又是亙古不移的重複，還帶着似曾相識的極為幽微的幸福感。

在這裡，我想以我的好友，詩人宝音賀希格的一則讀後感作為這篇文字的結束。2010年1月20日午前，他对宝貴敏的〈彷彿黑夜，彷彿光〉一詩寫了這句話：“確實是神的話語。我等無法多語。傾聽……”

是的，我不再多言，只願傾聽，祝福。

2019年8月25日 寫於台灣北海岸

我也喜欢这首《身体里的树》，整首诗都安静又明亮，这里容我只摘取后段的几行：

一棵树的美，在呼吸中圆满。
那些漂泊的露珠，于清晨找到来处。
天地静默。苍茫而至。
一棵身体里的树，如往昔般，透明，澄澈。

是的，《沉默的词》记下的是“孕育”本身的质地：圆满，透明，澄澈。是全然的新，却又是亘古不移的重复，还带着似曾相识的极为幽微的幸福感。

在这里，我想以我的好友，诗人宝音贺希格的一则读后感作为这篇文字的结束。2010 年 1 月 20 日午前，他对宝贵敏的《仿佛黑夜，仿佛光》一诗写了这句话：“确实是神的话语。我等无法多语。倾听……”

是的，我不再多言，只愿倾听，祝福。

2019 年 8 月 25 日写于台湾北海岸

目录

辑一

我的前世，我的山林

生命初始的沉默
试图指向另一种言说
仿佛黑夜，仿佛光

我的前世，我的山林

我的前世，是一只小老虎。

这是今生我唯一想念的事情。我要记住这个来处。那里有山，有树，野草柔软，风走来走去。阳光正好的中午，我伏在山坡上睡觉，做梦。溪水在前边流，水流声，是好听的音乐，我就在听得到的地方打盹。谁会来惊动我呢，一只小鸟飞在左右，飘起来，又落下，舞步轻盈。我不去理会，可我喜欢。半梦半醒时，我偷偷乐。

我们家族所在的山林是美丽的，有野性，有爱，也有梦。我熟悉这座山林。熟悉这些山的坡度，山脚的河水，水中倒映的白云。星星们出来的时刻，野草们都在相爱。当然，狂欢的，不止是她们。

我是一只小老虎，喜欢玩耍。到处走，看。一个早晨，我看见两只小青蛙在河畔，跳来跳去，她们围着一朵小花，看得欢喜，青蛙们的情趣令我着迷。为此，整个白天，我没有离开河边。恐怕除了我，再也没有什么东西知道，那个早晨青蛙们的欢愉。

冬天，雪覆盖了山林。一切都安静下来。我忽然想离开，想流浪。那个夜晚的梦里，我遇到一个女子。醒来后，我迷失了自己，不知身在何方。

这是很久很久以前的事吗？

前世和今生究竟离多远？

我只记得，我的前世，我的山林。

2010 年 1 月 15 日　和平里

仿佛黑夜，仿佛光

游荡在不知名的地方，越来越远。没有方向，也没有路。这里不是我的山林。

我要去向何方。没有人告诉我你的方向。

开始慢慢想念，我的水。

此刻，没有颜色的黑，覆盖了我。而你，如一束光，那是神的话语。

于是，我看到奔涌的河水，翻卷浪花，拍打未来的岸。

于是，我开始重新生长。以自在的方式。以我的方式。

流浪，如青草蔓延。

仿佛黑夜，仿佛光。

2010 年 1 月 19 日　和平里

我刚刚来到这里

我刚刚来到这里。

混沌着，分不出天和地。我只知道自己在吮吸，是乳汁的味道唤醒了记忆，抬起头，恍如隔世，梦中女子的脸如此清晰。

果然，是她，带我来到这里。

走了多远，过了多久，我都已经忘记。这是怎样的轮回，又是怎样的前世今生，我想啊想，想了很多个晚上。是不是一个冬天午后，迷路的我，想流浪的我，从此走出了山林，落在荒野上的脚印，有谁知道。

朦胧之间，我来到这里，以一个孩子的方式。

这是我的现在，也是我的梦。多么奇妙，我恍惚于此，也沉迷于此。我的存在，飘忽又真切。

梦中女子成了我的母亲。我，成了她的孩子。我们相遇。

相遇时，我哭了。

母亲吻了我的左脸。

这是个陌生的地方，我刚刚来到这里。

我要慢慢地慢慢地熟悉，熟悉这里的气味、声音和情感。

我仍然渴望一种生活，享受自由，享受安然，享受美，如在我的山林。

2010年2月4日　和平里

开始的日子是单纯的。

我把更多的时间，重新引入睡眠中。在那里，让我感到安全和舒适。……回到那里。

婴儿般的——

我平躺着，大多醒着的时间，让我们背后靠在松软的被子时。

这一些时的安静，却会感到不适和……的……。想我哭。

这些日子，我哭了很多。我没有办法。

哭是唯一的办法，所以……，也是我的语言。

因为……，所以，没有睡眠。

梦是……的去处，通往……。

我的梦里，……也会观看我的过去，我的山村。

所以，我经常在睡着时，回到那里。

很多时间里，我都是一个人躺在床上……。仰卧，上面就是天空。……我知道，穿透这些，也就是无限的天空。这样看着，是美好的。

有时，我看着天花板发呆。我知道，我的视线向上，穿透……，也就是无限的天空。这样看时，蓝天似乎离我很近。

当然，更多的时候，我……的时光是在梦中度过的。

所以，我把——

梦，隐秘的去处

开始的日子，是单调的。

很多时间里，我都是一个人平躺在床上。睡姿也是单调的，大多时仰卧。这是个乏味的姿势，久了，让我的背在靠近松软的床垫时，都会感到些许的麻木和不适。于是，我哭。

这些日子，我哭了很多。我没有别的办法。哭是唯一的。哭声就是我的语言。开始，我只会发出哭声，没有一滴眼泪。

平静的时刻，我看着天空发呆。视线总是被屋顶阻隔。我的眼神有些恍惚，可心里还是明白，如果向上穿透过去，就能接近无限的天空。这样想着，蓝天似乎离我很近。

另外的一些好时光，是在梦中度过。

梦，是个隐秘的去处，只有通过睡眠才能抵达。我的梦里，完好地保留着我的过去，我的山林。所以，我愿意把更多的时间，放到睡眠中去。不止是夜晚，明亮的白天，也为我的睡眠打开温暖的窗。那些美好的光线，清香的风，醇美的乳汁，都在安详地引我进入那条小径。

我常常在深度睡眠里，抵达梦的深处。回到我的山林。

2010 年 2 月 22 日　和平里

地图

1. 我的手掌

2. 我的手指 →

3. 手背上的酒窝

翻过手心，从背面看，我的手背像两片三角枫。在手指与手背的连接处，流露出4个酒窝，像有一种羞涩的抒情。那是我的害羞。

简约

我的拇指很小。（大拇指）

她的长度适合我的嘴形和深度。

我把它含在嘴里。

一个栅栏，大拇指没有和手指并列，

我无法向你具体描述，含在嘴里，却别有一番感觉。我喜欢含着她，让她抚摸我的牙床，我确信，被她摸过的牙齿上，不会长出洁白的乳牙。

我最喜欢大拇指，她小巧动人。小是她的个性。她也是手指中唯一的两节指，她是最与众不同的。

大拇指与食指是近邻，她们也会结伴完成某些动作。另外三个指头团结到了，只剩她们俩还清醒着，摆出一种造型，如手枪。

最近的折磨

剪成一片的手指甲

我发现了我的手

我发现了我的手。在一个黄昏。

天色渐渐暗了下来，房间的气息显得沉默。我刚刚睡醒，正好有时间胡思乱想，忽然，发现了我的手。

开始，是右手，她笨拙地抬起，缓慢地来到眼前。我几乎惊呆了，多么好。一个人看了很久。

后来发现的，是那只左手。

原来，我有两只手。伸开，是两片树叶。合上，如两枚果实。两只手交叉在一起，形成了美丽的联盟。掌心的纹路，在黄昏里，呈现出朦胧的光影图像。端详着，左手与右手那么不同。

我的左手掌里，有两条河床，河水似乎在试探着前行，像是刚刚从高山上奔涌而来，翻卷着细小的浪花，她们也许想要会晤，于是，中间出现一条短线，无声地联结了两者。我看着她们出神。暗暗惊讶这些飞来的曲线，如此完美，又如此不可思议地聚合于此。

我的右手掌里，是另外的地图。那条向上行走的，是鹰在飞翔时划过的痕迹。我喜欢这条线，若有似无。把我带到云的想象里。而那条横纹，我看不懂，那么深，那么无动于衷，我只好把她当做一个未来的秘密守候。

两个掌心里，都生长着细纹，如山坡上的野草。那些略显粗壮的，让我想到树。还有几条小溪，流水潺潺。

我曾经游荡过的山林里，每一片树叶的纹理，就是这样，相似却不同。而我的两个手掌，看久了，简直就是一座山林。

2010年2月28日　和平里

蝴蝶

一只蝴蝶落在我的床沿上，粉红的蝴蝶。

这是整个早晨，最有意思的发现。

她安静地停在那里，周围是一片黄色的光芒。

我想靠近她，好好看一看，飞舞的翅膀有多美丽。

记得，那些山林的日子。我常常被蝴蝶诱惑。有时，她们轻盈如风，滑过我身旁的草尖，有时，她们就点住一朵紫色的花瓣，仿佛在想念。我愿意看着她们，度过正午的某个时间。我很想知道，这些单薄而柔美的生命，在哪里度过风起的夜晚，又去哪里打开冬天的飞翔。

此刻，她停在床的那头，我在这头。伸手可及的距离。对我，却显得遥远。

真的，感谢我的眼睛。让我在无法接近的时候，仍然能用目光触摸美的光亮。

我一直看着她。越过上午温暖的光线。

忽然，最让我担心的事情发生，蝴蝶飞走了。

我真想，回到梦里，再见到她。

2010 年 2 月 24 日　和平里

一个下午的空旷

一个空旷的下午，我在听。

她们开始说话。微风起伏。

她们有时笑起来，有时翻动书页，亮光闪过。

下午的声音，很静，宛如山林的空旷。

而我，置身何处?

我的疑问，让空旷回归空旷，让静回到静。

一个女子的歌声，在空气里飘浮。

每天早晨，我都在听。那声音，久远，寂寥。如，曾经的古格王国。

古格王国消逝的神秘，如同契丹人曾经的无影无踪。

这个女子用歌声，萦绕出梦境般的存在与消逝。

她们还说到坛城。

僧人们用沙子画好坛城，然后，抹去。此谓无常。一切有形的，终究会消逝。

我听着，睡进梦里。恍如越过前世和空茫。

2010 年 5 月 1 日　和平里

从向上看去，手指是一个个射出的箭。

精神抖擞。

从背面看，我发现手指含着的性格。

指甲，如箭头。随时待命出发。

我的指甲，透着明，发着细光。轻轻摇着，看着指甲

很谦虚的，谦虚而高贵的，像也是孩子。

我的手指与我的嘴巴关系密切。

我最先吮吸着的，是我的手指。

我很记得她，很像是作第一个招呼。

一只手与两只手。

开始，我只看见了右手。一只手。

她柔柔地抬起，缓慢地来到眼前。我的

过了几天后，才来到我的眼前的。仍然，缓慢的

两只手，围成一个眼镜，透明的

在我的眼前，

[illegible]

我的手

我一直在继续探索，我的手。

为什么，一只手上正好有五根手指？想了好久。从什么时候开始，小手指们如此美好地站在这里。这样想着，就会生出感动。

手指们，果然，有着自己的天性和美。

大拇指。我喜欢把她含在嘴里。她的长度适合我的嘴型和深度。大拇指没有什么味道，我无法向你描述，可含在嘴里，抚摸着牙床，让我感到安慰。我确信，那些被她掠过的地方，不久，会长出一粒粒晶莹的乳牙。

大拇指。那么小，小得动人，是伙伴中唯一的两节指。她喜欢离群而居。与另外四个手指相比，不难发现，她的孤独天性。总是习惯于把头向外伸出，向着远离伙伴的，未知的方向。她在探询着什么，令我着迷。我经常含着她，想念她。

而手背，几乎没有什么表情。可以说，是平淡的。她把秘密藏在掌心中，自己显得若无其事。最近，我发现有四个小漩涡，停在手背上，那是我的音符。看久了，会有一种风声逝去后的寂静，慢慢升起。

以手背为路径，看过去，我的手指是含蓄的。她们好像在试图隐藏着什么，包括指甲的存在，也似乎是某种透明的归隐。曾经，她们可能真的是箭，躲在冰冷的剑鞘里。如今，她们愿意在我的手背上跳舞。

我的手指们，天生只向着掌心合拢，这唯一的方向。

2010 年 4 月 25 日　和平里

一场

告别乳房的时刻

此世　一轮太阳　流浪儿

初夏，乳房

母亲的乳房
给了我安慰

无论白天还是夜晚，渴望

那朵

对我来讲，这是一场艰难的告别
深夜醒来，我渴望母亲的乳汁，那早已稀释的味道和姿势

乳汁的味道

乳汁的味道，来自母亲。

自从离开母亲的水，我就在寻找与她最亲近的方式。乳汁如泉。吮吸的时刻，乳汁流过，舌尖是敏感的，最先触到了她的滋味，那正是母亲的味道。

我感到无比安宁。轻轻的风掠过，送来花香、鸟鸣，夜莺在歌唱。此时，我会想起山林的岁月。

味道，总能轻易穿透黑暗。深夜，我还在梦中，闭着眼睛，循着乳香，就能如愿抵达母亲的泉水。

喜欢泉水。那是最自然的水，有一种从容，伴着微微的激情。而乳汁，就似一束束细细的泉。她们在哪里流淌，我看不见。溢出来的瞬间，像是一首抒情诗。

母亲常给我读这样一首诗：

源自每一位母亲的胸口
浩浩奔腾的乳汁大河
只随着儿女流淌
承受苦难的白色河流
额吉河
和所有母亲一样的
额吉河
只像我母亲一样的
额吉河

每次听母亲读，我都会笑，母亲也笑。我们似乎读懂了彼此。

我的“白色河流”是一条美丽的河。如今，我正站在河的岸边。

2010 年 5 月 10 日　和平里

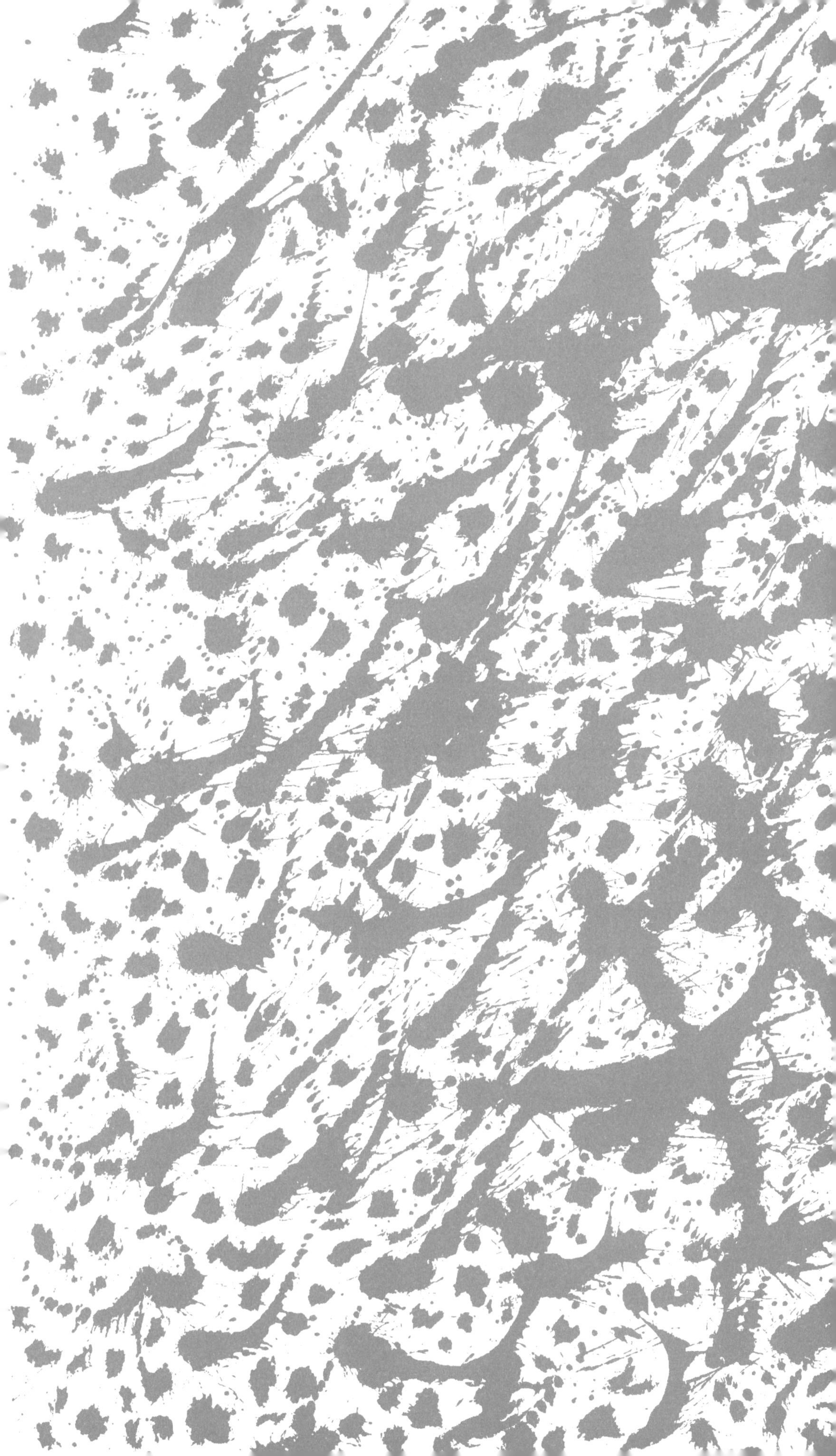

辑二

我的水

寻找，发现，聆听，永恒的事物
而水的流淌
是通向神灵的路径

我的水

父亲和母亲曾经有过一次远行，很久以前。为了找到我。

她们一路向西，追随着深浅的脚步。几百年前的，以及更早的。

从额尔古纳河出发。

早晨，太阳升起。告别的眼泪留进河水。

长生天已看到，两个跪拜的灵魂。

走啊走。走啊走。额头落在鹰的注视里。

途中，她们遇到白哈巴森林。哈纳斯湖水。阿尔泰山。额尔齐斯河。博格达峰。

白哈巴，一片白桦树。明亮了母亲的眼睛。她把忧伤抛在树林的那边，小鸟一样歌唱。

哈纳斯湖水——可汗之水。平静的深沉，一如从前。父亲喝醉了。母亲想带回神圣的水，于是，将自己的脚印永远刻在那里。我的水啊，我亲爱的水。

阿尔泰山。珍藏着金子般的心愿。

额尔齐斯河。一条孤独流淌的河。前行中，几次改变方向，开始，向南，后来，向西，最后，折向北。母亲爱上这条河的孤单。她说：河的背影，那么熟悉，让自己看到似曾相识的命运。

博格达峰。披着白雪，一直远远的，远远地看。雪莲花开在山畔，仰望着，圣洁的山顶。

敖包前的祈祷，是一首牧歌。神灵的暗语里，她们找到我。

2010 年 3 月 12 日　和平里

蓝。花朵和蓝。

盼望着我一起去看花。

对时间

前天，我和迎春花告别。那些黄 隐入山峦。

渐渐

昨天，玉兰花消逝在于

眼前。洁白的诗意，

打断 在时间的 旋律。

我注视着黄昏，

宛如另一

朵盛开。

明天，那些 桃花，

也将如纷飞的雪，

会将 落满我的屋檐 成粉红

我在 路上。

告别

路的尽头，是一片绿草地。

那边

我 她的和谐。

也许是一种

那些绿 的 诗。

仰望，就是蓝天。

而那片蓝

花朵，绿和蓝

喜欢和母亲一起，看花。

前天，我们和迎春花告别。那些黄，渐渐隐入山峦。转过头，注视黄昏，那里宛如另一朵盛开。

昨天，玉兰花消逝于眼帘。洁白的诗意，折断在时间的这端。

明天，那些桃花，如纷飞的雪，会将你的屋檐落成粉红。

此刻，我们走在路上。

路的那边，是一片绿草地。仰望，就是蓝天。

我想说的是：那些绿的存在，也许是一种守候。

而那片蓝，真的，我说的是天空的那片蓝，只能是永恒的时间。

2010 年 5 月 6 日　和平里

站在窗前，向北看。

视线掠过楼群，看望见了北边的山。就算是晴天，那山的轮廓也是模糊的，仿佛在雾里。但我总是能看到山。楼群就在眼前，可以说是远处的山了。

这座山上一定长着一些树，茂密的，或者稀疏的。

~~无论怎样~~的，还有一些青草，覆盖着山背，或者向阳的坡面上。雾，长时间地笼罩着山，让山显得含蓄而多情。从我们这个角度望过去，仍然能

我感到背靠那大山的安全感。这是一种感觉。我不得不说，高楼，这山，这片土地，给了我那种很贵的平衡和心理的依靠。我得感谢她。

再向北，就是我的草原了。

隔着山，我看不到她，可草原在我的心里回荡，只要向着北方，我好像就能看到绵延的绿草地向我伸展开来了，如…… ~~拥抱着我~~。正北方，是锡林郭勒草原，去那里的路上，有元上都古城，金莲川，闪电河。

对于她，我不需要任何语言的赞美，~~我在那里的~~ 一般都是无声的感念。

站在窗前，向北看

依在母亲的怀里，站在窗前，向北看。

我每天如此。有时能看到雪花飞。

天冷，我们不出门，朝北的窗户，把我引到另一个世界。

掠过楼群，望见了北边的山。就算是晴天，那山的轮廓也是模糊的，仿佛在雾里。

这座山上，一定生长着某些树，茂密的，或稀疏的。还有一些杂草，覆盖着山脊和向阳的坡面。雾，长时间笼罩着，山会显得含蓄而多情。从我们的角度望过去，仍然能找到背靠大山的安全感。这是个好感觉。这山，远远地不动声色，却给了我视觉的平衡和心理的依赖。

再向北，就是我的草原了。

隔着山，我看不到她，可草原在我的血液里。只要向着北方，几乎就能看到绵延的绿草地向我伸展开来，闻得到青草的芳香。晴朗的日子，白云把蓝天衬托得更蓝。云，更白。对于她们，我不用说出太多的赞美。我知道，最深的思念，总是无声的。

打开窗户，风，立刻拥抱了我。如我的亲人。

站在窗前，有时感到孤独。遥远的风给了我安慰。

2010 年 2 月 23 日　和平里

飞鸟和鱼

那是前世的故事。

那时，我还是一只老虎。

飘荡在山村。

山村里的秘密，藏在我的心里。而，飞鸟和鱼，是我

有时我想到

飞鸟，是渴望水的。

而鱼，渴望飞翔的。

独自

我站在山坡上。我总是抬着头，

看天。向着天空，看。那只鸟，从很远的地方，

是那只鸟的翅膀，闪烁

惊动了湖水。

天空是

飞鸟和鱼

山林里的秘密，多得像星星。她们，藏在我的心里。

那个黄昏，我独自站在山坡上。我总是习惯抬起头，向着天空，看。

那只鸟，是那只鸟的闪烁而来，惊动了湖水。

她缓慢地，缓慢地扇动着羽毛，似从远方来。

我热爱羽毛。那是鸟的花衣裳。

羽毛，暗示着某种飞翔。

忽然，那只鸟俯冲而下。湖水，惊讶地荡起涟漪。

接着，是那条鱼。她划出悠长的弧线，卷起浪花。

我独自站在黄昏里。想。

也许，那只鸟，早已厌倦了飞翔。

而鱼，那只突然腾空的鱼，是在仰望鸟的背影时，点燃了飞的欲望。

那忽然跃起的片段，不正是一次飞翔吗？

我的冲动，从黄昏的雾霭边，悄然升起。我开始酝酿一次疯狂的蜕变。

这，是山林的秘密，也是我的秘密。我只讲一次。

母亲说：有一首歌叫《飞鸟和鱼》。她曾经总是唱起。她喜欢歌中的绝望。

她还说：自己曾买过一条飞鸟和鱼的长裙。墨蓝的底色上，落着红花。她偶尔穿起。更多的时间，是用来珍藏这个名字。

此刻，我轻轻地想起她们。

2010 年 5 月 18 日　和平里

午后的聆听

午后。我醒来。隐藏的寂寥，不知何时，已悄然来临。窗外的风，微弱地刮着，细小的音符传进耳朵。雪，昨夜来的。我在早晨看到了她的白脚印。孤零零的。

可我，什么都不想做。

侧躺着，把午后蜷缩成一个弱小的姿势。那床，显得空旷。

就在此刻，遥远地中海的风，顺着曼婉的吉他声，徐徐吹来。她们，吻过我的脸，我的额，我的脸颊，我的发根，我的鼻梢，还有我的每一寸呼吸，旋即，浪花般扩散开去，溢满了空荡荡的午后。那声音，轻柔，空灵，漫不经心，如一朵朴素的蓝花，淡淡地开出自己。那抹难以觉察的蓝，如花蕊间朦胧的醉意，带着海风飘过的伤。

我咀嚼着手指，随着节奏，发出很小的声音。

“如果你凝视我的内心深处就会看到／一个用云朵写成的名字”。这个名字，在这个午后，就是小野丽莎。一个弹着吉他四处游走的日本女子，曾经出生在巴西。而此刻撩动我心弦的，正是她弹拨的地中海风情。

聆听，成了这个险些寂寞午后的，幸福的抒情。

2010 年 3 月 9 日　和平里

我来到这个世界上，为了看太阳

“我来到这个世界上，为了看太阳。”

母亲读着，一遍又一遍。除了让我听见，她还想让窗外的风听到。

正值深冬。阳光微弱。风声，随意吹奏着一些辽远的曲子，忧伤是苍黄色的。光线暗淡，穿透寂寞。

母亲和我，坐在房间里。被这诗句诱惑着，坐立不安。

“我来到这个世界上，为了看太阳。”

母亲看着我的眼睛，又轻轻地读一遍。

风声，真的很大。那风啊，正顺着窗户的缝隙，释放出白色的冷。

是那扇混沌的窗户，把太阳挡在那边——我默然望着窗外。

母亲听着风声，亲了我的额头，并把我紧紧抱入怀中。这样温暖的瞬间，我们似乎可以同时看到太阳。

于是，出门。黄昏里的太阳。

一朵没有光芒的红，迷人的，像一句诗的模样。

2010 年 7 月 1 日　和平里

这个冬天，那群野马奔驰而来

很久以前。我曾路过一群野马和他们奔跑的土地。

那是一片苍茫的戈壁。

至今。我难以说出戈壁的模样，就如同，无法描述清晨的梦境。

那群野马奔驰而来，远远地，朝着我的目光。神秘的，仿佛旧时光。

他们挽留着——

那些风。那些遥远的喘息和惊异。还有苍古的背影，野性和孤傲。

这一切，让我如此着迷，并信赖。

这个冬天。我又遇到他们。那群野马奔驰而来。

这群幸运的生灵，完全栖息在想像之外。

2011 年 12 月 27 日　回龙观

清晨，我的手

最近，我的手，越来越听从我的意志。

你知道，那些花开，那些叶瓣打开的瞬间，多么美，我喜欢用我的手指模仿她们。我的小手指们，就是花瓣啊，打开，合上，再打开。很多个早晨，只要我醒来，她们都会无声地开放。

指缝间，那片即逝的光，似乎穿透了什么，又恍然一无所有。

早晨醒来，多么好。我看到母亲，正看着我。

这样的时刻，注视是一种表达。我还想用另一种方式。于是，把手伸向母亲的脸。我的手心，绵软，光洁，与母亲脸颊相合的时刻，我感到满足。母亲流了泪。

她说：除了我，这世上，还没有谁，像这样抚摸过她的脸。

2010 年 4 月 25 日　和平里

我的头，是一个秘密 正在

这是一头做梦的小牛。
她一会坐在白云上，摇着一只……
一会又喝花和花朵说话。
一会又像醉酒的样子。

我的脚下

亲吻，我只有
用这样的方式表达
我的爱

表情中全是
陶醉。
我爱她。
我亲吻她。

那些
我亲吻过的花朵和小牛

那些花朵，总是盛开着。蓝色，玫瑰红，还有小小的……表情。

冬天里，我的花朵也盛开。枕着花朵入梦，是一个快乐的开始。

我的床上，开着很多花。紫色的红花，有……花蕊是紫色的。

我亲吻……

太阳

我们脚下，开着粉色的小花。花丛中，有一头快乐的小牛，在笑。我常常亲吻那些粉色的小花朵。她们象春天正在开放。而那头小牛，我的小牛，我爱她。

偶尔我会担心，
我的吻会不会摘下这些花
朵和梦。

花朵握在手中，
我总是感觉惊喜，
握着，却又偷偷溜了。

那些被我亲吻过的花朵

我的身边，开满了花。金黄，淡紫，浅蓝，玫瑰红，还有小小的粉。我称她们为“我的花朵”。那些花朵，忘记了季节，冬天也开。

一朵红花，五片花瓣，花蕊，紫色的。叶片折叠着黄色光影，似乎正掠过朦胧和睡意。我喜欢亲吻那一点紫，也喜欢用手指握住花瓣上的光。奇怪的是，我明明已将花朵握在手中，可抬头一看，却两手空空。我仰望着空，一片茫然。

我的小被子，就是一个粉红的花园。花丛中，有一头快乐的小牛，在笑。是一头正在做梦的牛，她一会坐上白云，扇动着翅膀，一会又与花朵说话，像是醉酒的样子。我的小牛，我爱她，亲吻她。我也总是亲吻那些小花朵。花朵们笑起来，掠过风声，仿佛春天正在来临。时间就在我的吻中滑过，不留痕迹。

夜晚，枕着蓝色花瓣入睡，是一个美梦的开始。

我常常顺着花香，回到我的山林。那些迎风的山坡，坡上的野草，草丛中散落的野花，花瓣们轻轻的耳语，以及风，所有我熟悉的一切，依然镶嵌在梦的最深处，等着我不倦的回顾。

2010 年 7 月 4 日　和平里

辑三

食指的方向

身体的秘密

熟视无睹的真理

我是谁，这亘古不息的追问

我的黑色丛林

有一片黑色丛林，长在头顶上。

我很想知道，她们是何时生根，又何时发芽的。

是一个春天的早晨吗，种子们纷纷飘浮而来，正好落到这片奇怪的土地上。从此，我的黑色丛林啊，开始了不分昼夜地生长。

她们不开花，不结果，只有任性地生长，再生长。

我喜欢这片单纯的土地，和土地上的单纯生长。

这片丛林是神奇的。数也数不清，宛如天上的星星。我常常摸着她们，想：这些繁茂的植物，何以如此郁郁葱葱，如此层层叠叠，又如此柔情似水呢。

在我的身体上，是她们以最茂盛的姿态，与蓝天对话。也是她们，以最谦卑的表情，面向着土地垂落眼神。

人们喜欢说：头发。可我更愿意相信，这是我美丽的黑色丛林。

2010 年 7 月 14 日　和平里

我的身体与数字之谜

~~好总是和我说：两只眼睛，两只手，……~~

在我的小小身体上，隐藏着那么多数字。

其中，1.2.5 是最常见的：一张嘴巴，一个头，

一个鼻子，这些唯一的东西，让我显得精致。

试想，如果我有两张嘴巴，那

就一定会比从前减少。听上去好怪的。该多么糟糕

所谓"三头六臂"也是我不欣赏的模样。所以，2是

美好的开始。也是不可重复的存在。我认识这些——

两只手，两只脚，两个眼睛——两个腮，两只耳朵，两只眉毛——

这些2，在我的身体上对称的美。让我看平衡的

法则。这种平衡，

的风格

五，就是手指和脚趾。这样的数字，几乎就是我的我们我总是喜欢着美她们。

美好的出来，还是不好。只有我的头发，数不清。

只最显著会保持着美丽。所谓强者的

1.2.3.4.5，每只小脚丫上，都生着五个脚趾，

那么均匀，又那么别致。小得，令人心生爱怜。

我把小脚丫握在手中，或用嘴尝一尝她们的味道。这时，我发现

我的手和我的小脚丫那么像，都不约而同地长出

五个脚丫。也许，她们四个曾是同胞兄弟。在一次

在我的身体上，她们是彼此最相象的了。

如今，她们突然地回到我的身体上。

迷了路的，走散了。我经常躺在床上，用两只手抓住

小脚丫，嘴里嘟囔着——这时，她们

当我的小脚丫长大了，我就用她们去踢足球，……

我的身体与数字之谜

最近，我总能听到一个声音，母亲掰开我的食指，说："一。"原来啊，我被很多数字包围着。她们藏在我的小小身体上。

一个嘴巴。一个鼻子。一个头。这是属于我的唯一的东西。她们站在身体的中轴线上，不偏不倚，那么合适，又那么好看。试想，如果她们都是两个或几个，该有多滑稽。特别是嘴巴，一个足矣，因为我不想说那么多话。听说，"心"也是一个。我看不到她，可总能感觉到她的跳动。呼吸的节奏，因之显得平常而神秘。

我喜欢身体上的"一"。这些"一"，是某种开始，也是不可重复的存在。她们在身体上显得别致，又特立独行，有一种缘起的姿态。独一无二，是一个近于极致的赞美。

"二"，也藏在我的身体上。两只手。两只脚。两只眼睛。两只耳朵。还有很多很多。她们成双成对，遥相呼应，在身体上呈现出对称的美，给了我平衡的自信。"二"，与"一"不同，带着默契的从容，是那种有了伙伴的感觉，不显得孤单。

"五"，这个幸运数字，几乎成了我的小秘密。你知道，我的手指，我的脚趾，都暗合了这个数字。这个巧合，让我始终难以破解。多么有趣的组合，五个小家伙站在一起，不多也不少，正好。于是，我总是想赞美她们，似乎把所有的美好说出来，还觉不够。

2010 年 7 月 8 日　和平里

仿佛破土而生

很多天了，是的，很多天以来，

我的嘴里有一种奇怪的感觉（滋味）。

是什么味道，难以说清。痒吗，疼么，

假是而非

因此，有时竟难以入眠。当我咀shi某个东西时，有一种

酸胀感。

里，我的手，我的衣角，我的被子，我的书上，甚至我的脚，

苦涩和干渴，

土地该是怎样

当种子从土里冒出嫩芽的一刻，

的滋味呢。我的小牙冒出的时候，仿佛破土而生。

真的，我似乎理解了土地。

我的衣角，我的书，

当我用力咬住她们的一个角时，

有手指的

仿佛破土而出

很多天来，我的嘴里有一种奇怪的感觉。

是什么味道，似是而非，有时竟令我难以入睡。

母亲说：可能要长牙。

哦，牙齿。那个用来咀嚼食物的好东西。我喜欢她们。

未知的小牙们企图冒出的时刻，仿佛破土而出。渴望，挣扎，红，喜悦，不安，蓝，很多很多情绪，一起涌来，如涨潮。

我啃噬某个东西时，会有解脱感荡漾开来。于是，我的手啊，我的衣角，我的玩具，我的书啊，我的脚，都统统被猎获。一种微妙的滋味会顺着口水蔓延。此时，我的牙床，那个埋藏着小小牙粒的地方，幸福极了。

不知道，种子们冒出嫩芽的一刻，土地会是怎样的感觉？

忽然间，我似乎理解了土地的难眠。

2010 年 8 月 10 日　和平里

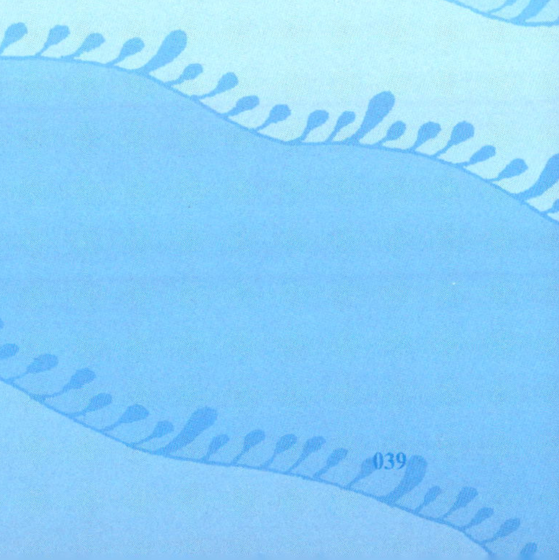

洁白的秘密

我们种下的，是悄悄成长的秘密。悄悄地，在雪地中，发芽，一粒又一粒。

洁白，是它们的色彩。这让人无比好奇。为什么它们是白色的。没有人知道。我不会泄露这个秘密的。

幼小的

嗯，单纯而干净。它们在等待着。一场梦

时间是悠长的，等待也是。

它如一场梦。雪花渐渐成为背景。

是的，雪花　白白的雪　前世的

梦醒之后，种子开始发芽，一粒又一粒，悄悄地舒展着白色翅膀。

哦。洁白，开始属于我

我的小小种子

关于一场雪的传说

我的牙齿——洁白。

白色的牙齿，让人无比安宁。

为什么，她们是白色的。

母亲也感到奇怪。她问过很多人，关于洁白的秘密，没有谁知道。

也许，我的牙床，深谙成长的秘密。

因为，我的每一次吮吸，都有汁液漫过，漫过柔软的牙床。

幼小的口腔，单纯而干净。我的牙床，躺在里面，似乎在等待一场雪。

时间是缓慢的。等待也是。

宛如一场前世的梦。雪花渐渐成为背景。

梦醒之后，种子们开始发芽，一粒两粒，慢慢地，舒展着白色光亮。

哦，有一种颜色叫白，开始属于我的小小牙粒。

我该怎么告诉你，这只是一个单纯的梦。

或者，请你相信，关于一场雪的传说。

2010 年 8 月 10 日　和平里

翻身，是一场革命

白色天花板上，有一盏橘红色的灯。

只要睁开眼睛，这灯，正好落进视线。

这是我的角度。初来今世的日子，这几乎是唯一的角度。

一种姿势，太久，会让人难过。我开始渴望，另外的角度。

忽然有一天，那个上午。上午十点半。

一种冲动，包围了我。上午十点半。

我的身体里，一股能量在涌动。上午十点半。

那么突然，那么突然。上午十点半。

猛地，我，翻过了身。哦，上午十点半。

我发现了——不一样的光，不一样的影，不一样的自己。

翻身，是一场革命。自由正在临近。

而，那个上午。上午十点半。

2010 年 8 月 9 日　和平里

眼睛湖

我的眼睛

睁开，一个世界。五色斑斓。

合上，另一个世界。直抵梦境。

只有眼睛，能让我在两个世界间来去自由。

眼珠，是一个神秘的精灵。喜欢藏在里面，从不说话。

她为自己设计了多情的窗口。从此，不再担忧。

隐居，成为她一生的选择。

我总想知道，这眼睛的完美形成于何时。

这是一个难题。

就如我总想看到自己闭上眼睛的样子。

这同样是一个难题。

眼睛湖

山林里的湖水。

宛如一枚清澈的果实。

眼睛，春天的湖水。

一个澄明的童话。

每一次望出去：

天高云淡。

2011 年 3 月 14 日　和平里

掌纹·之二

我的手掌是一座隐秘的花园。

在不经意的春天之后，这里野草丛生。

顺着溪水，重拾春风拂面的早晨，是一次单纯的旅行。没有起点，也无终点。

（那些花朵的凋零，无声无息。）

山林。我的山林。

误入山林。我在迷失中辨认方向，又在方向里再次陷入迷失的沼泽。

端详掌纹的上午，时间仿佛穿越了前世今生。

细密的掌纹。纵横交错的山林小径。

哪一条都是回家的路。（却又过于相似，越走越模糊。）却又在渐渐远离中。

我在自己里。

我停在旅途。

之一

一片洁净的土地。我的手掌。

哦。花朵隐秘地开放。河水流淌，风从不说话。

我的目光从那里经过。安静，停在掌心深处，清澈如蓝。（两只手掌，踩着自己的节奏。）

轻轻拍起手掌。回声飘荡于天地间，是有谁在独自歌唱。

那些满是岁月的诗行中，蕴育着生长着。密码般无人破译。

我们总得保持沉默，如同隐秘的掌纹。

2011.8.10 阿路斯配图

食指的方向

食指的方向

食指。总是勇敢地站出来，孤独而坦率。

她指向天空。那里有星星。夜晚唯一闪亮的星星。

她指向月亮。偶尔停在窗口的月亮。夜色中的清泉。

她指向沉默。那里是梦境。沉睡着广阔的虚无。

食指。无法忽略的方向。

向着自由。向着美。向着辽远和自己。

我的手掌

一片洁净的土地。我的手掌。

哦。花朵隐秘地开放。目光从那里经过。寂静，停在掌心深处。清澈如兰。

两只手掌，多么巧合，多么天意。

轻轻拍起来。回声疏散于天地间。谁在远方独自歌唱。

整个上午，母亲看着我的手掌发呆。她似乎迷恋于此。

好像，我的这片土地，正在生长出翠绿的诗行，而她，是那个企图低声朗诵的人。

我们手掌

一片洁净的土地。我们手掌。

哦。花朵隐秘地开放。河水

风从不说话。我的目光从那里经过。寂静停在掌心深处，

清澈如蓝。

回声流淌于天地之间。

轻轻拍打手掌。

于是，谁在……上午，时间穿越了前世今生。

草长在村口，

我们始终保持沉默。

这一声古老的回声，

天地之间

我们听见，有人在歌唱。

有人相信。

我的掌纹

不经意的春天之后，这里野草丛生。

顺着溪流，重拾春风拂面的早晨。一次单纯的旅行。

没有起点，亦无终点。

细密的纹路。纵横交错的山径。

每一条似乎都是回家的路，却又分明在渐渐的远离中。

我的目光，停在旅途上。

2011 年 11 月 27 日　回龙观

行走

脚的境界

脚的修行在于信仰

守护着自己的方向。

如果不是……我也许永远不会……

脚的尊严。之前，他们是一对艺术品……

他们，与身体保持着……

是一个奇迹，也因此，他们谦卑而处下。

甚至，没有什么，比双脚更懂得大地的……

也没有什么，比双脚更知道身体的方向。

……双脚……

……力量。当膝以及腿脚……我

……双脚……

我发现，这是脚的修行。

脚的座右铭

开始。她们是一对小小艺术品。富于对称之美。

数字“五”蕴藏着神秘信息，让脚趾成为含蓄的谜底。

她们，与身体保持着特殊的垂直关系，这简直是一个奇迹，

也因此，她们谦卑而处下。

其实。没有什么比脚更懂得土地的性格，也没有什么，比脚，更知道身体的方向。

可她们依然低调，沉默，从来不说。

只是以行走的方式，表达信仰。

当鹰以翅膀之美抵达天空，我以双脚之力行走大地。

——我想，这一定是脚的座右铭。

2011 年 11 月 22 日　回龙观

2012.2.28.

"我" 我是谁？

总会感到片刻的茫然

一个小小的身体以另一种方式，与这个世界对话。

"我"这个声音，从口中传出的瞬间。

迷茫，荒诞。

迷茫也随之而来。

升起

世界在迷茫中

"我"多么虚幻，又真实。

"我"？一个发动的声音，是一个谜语的开端。

问住

"我"？世界是奇妙的，让一个小小的身体以一个代词的形式来表达。简单，又深不可测。

也是荒诞的

与其对话

自己面对

深感又无解

第一次面对自己时，是茫然的

灵魂，就是"我"的

回到

终将

不可救药的荒诞。

所以，

"我"

沉默中召唤：

的出现，

"我"——每次发出这个声音时，都要拍着胸脯确认，

是自己的

这声音，这个词

确认过

诞生

我，我是谁

我——每次发出这个声音，都要拍着胸脯确认：这个词与自己有着特别的亲密关系。

我，一个简洁的发音，却是一个谜语的开端。多么虚幻，又如此真实。世界很奇妙，让一个小小身体以代词的方式与其对语。简单，又深不可测。

我，最终是一个古怪而倔强的代词，不依赖外物，只能靠自己发出的声音，来确认其所对应的自己之独特性。并因此，与众不同。

所以。是“我”的出现，第一次把自己推到自己面前，神秘而荒诞。

我是谁。

忽然开始发怒——

接着，笑起来，眼睛半眯着，只往天上看。

喜欢自言自语。东一句，西一句，

没有线索，迷迷糊糊，仿佛来自星星的语言。

唱歌。大声地唱，使劲地唱，摇头摆尾地唱，

然后，寻找声音的去处，直至天的那边。

睡觉。熟悉的音乐响起，于是乎，起身舞蹈。

黑夜里，多么适合一个人自由狂舞。

我是谁。

2012 年 2 月 29 日　回龙观

辑四

醉秋风

自由的灵魂

为万物

而沉醉并歌唱

醉秋风

我不知道，秋天是如何来到的。

就像曾经的山林，一夜之间，花儿们就开了。

醒来，清香拥抱我。慢慢走到草丛中，拜访花朵的家。

她们摇曳，如梦境。

秋风也是。像老朋友。好像曾经答应过我，她会到来。果然。

我沐浴其间，任她，拂面。我们相拥，亲吻。

我愿意在秋天里，笑出声来。那笑声，在清澈的天空上，旋转，又隐入蓝的寂寞深处。

那蓝，淡然，悠远。最美的旋律总是无声。我想，也许有谁在云上弹琴。

阳光好极了。似乎已没有什么比秋日的阳光更美。

我融于其中，和身边的绿草红花，一样，开怀畅饮。

你知道，醉酒的感觉是迷人的。醉秋风，也一样。

我在这里，似乎随时醒来，又随时醉。

2010 年 10 月 3 日　和平里

爬行，去远方

远方。爬行，让我感到自由。一片辽阔的远方，似乎在等待我。

让我又回到山苍原的岁月。

这种感觉，真好。那是一段金子般的时光。给了我山村，风，河水，荞花，枫叶，藤蔓，鸟鸣，叫声，还有无边无际的[illegible]。给落在山村，曾经是我的全部。

我的两脚掌，紧握大地的手。

如今，我低着头，爬行，耳边响风声。我选择走下去，回到我的山村。

如今，我的两只手，啪，啪，啪，拍打着土地的肌肤，轻轻的，像一场春天的相遇。

偶尔，有白色的花，飘过来，只有在这时，我才会停下脚步。我望着憧憬花瓣的脸。那里有她的[illegible]

爬行，去远方

开始爬行。让我感到自由。自由是个好东西。

我恍然又回到前世的岁月。那一段金子般的时光。风，河水，叶子，藤蔓，紫，鸟鸣，湖波，蓝花，飞，纵情呐叫，肆意追逐……还有无边无际。

游荡在山林，曾经是我的全部。我的四片脚掌，紧握大地的手。松软，缠绵，厚重，而轻柔。

如今，我喜欢在草地上，低头，独自爬行。耳畔，是呼呼风声。

人这种动物，更多的时候，喜欢走着，坐着或躺着，却忘记了最初的——爬行。其实，这个低下来的姿势，才是与土地最亲近的方式。

你听，我的两只手，啪，啪，啪，拍打着土地的肌肤，轻轻地，像是一场春天的相遇。偶尔，树上的白花，飘过来，落在手背上，我停下脚步，看。我多么想看懂花瓣的指纹，那里也许留着她前世的踪迹。

我真的愿意这样爬下去，一直爬下去，直到我的山林。

2010 年 10 月 8 日　和平里

秋天的山

当我醒来时，已在群山中。

是秋天的山。坡上的红叶，红得耀眼，仿佛在为一则寓言注释。

我忽然间感到孤独。

山中有一座寺庙。人很多。烟也多。爬过层层台阶，来到高处，发现一个地方闪着金光。是一座庙宇的金顶，直立在空中。那光，一闪一闪的，似乎想要印证些什么。

顺着光，望过去，蓝天澄澈。哦。我的蓝天。

她正以单纯的蓝，注视着我。

而我，沉默不语。坐在蓝里，看天。

佛也沉默。

那些诵经声，低低的。唯恐惊动白云。

转经筒，把故事满满地装在心里。

我的小手，触到了经筒上凹凸的刻痕。据说，如果一直转下去，那里有幸福。

佛仍然沉默。

我看着她谜一样的表情，仿佛一个童话正在开始言说。

2010年10月19日　和平里

没有星星的夜晚

夜色是慢慢袭来的。可天空中，那蓝的隐没，又似乎在一瞬之间。

总是在此时，喜欢和母亲一起看天。

我该怎么告诉你呢。

很多个夜晚。很多个夜晚以来，我们几乎看不到一颗星星。

她们去了哪里？

天空还在，云还在，可星星不见了。

母亲的童年是在星星们的注视下度过的。

盛夏之夜，流星划过天边，那是一个短暂的传说。

而我也不能忘记，山林岁月里，星星们曾为我演奏银色交响乐。

可如今。

很多个夜晚，我们一起仰望墨蓝的天空，却找不到亲爱的星星。

母亲很难过。她说：是这城市的灯光，阻挡了她们明亮的眼睛。

我无言。

只好站在黄昏之后，抚摸夜色，抚摸晚来的风。想念几匹马，在月光下。想念星星。

2010 年 11 月 5 日　和平里

昨天下午，一群白云来看我

我该如何向你描述呢

是的，昨天下午。

昨天下午，一群白云来看我

昨天下午，我该如何向你描述呢。

是的，昨天下午，一群白云来看我。

她，仿佛画[illegible]。我们相拥，含[illegible]

亲吻。

我总是在秋天里，欢笑出声来。

那笑声，在清澈的天空回荡。

又融入河蓝的溪上。[illegible]

阳光好极了。阳光好极了。

阳光好极了。

阳光好极了。似乎没有什么比

这秋天的阳光更美。我把自己

置身于其中，和自由的草，红花，一样，开怀畅饮。

我醉了。你知道，醉酒的

感觉是美妙的。醉秋风，

也一样。

我在这里，随时醉来，

又随时醉。

我醉了。

你知道，醉酒的感觉是迷人的。

醉秋风，也一样。

一群白云来看我

是的，那天下午，一群白云来看我。

我仰起脸，正好遇到她们。大朵大朵的，在半空中朝我笑。我高兴极了，跟着大笑起来。这远道而来的白云。

云朵们离我很近啊，好像就停在树梢。我真想长到大树那么高，就可以和白云握手。很久很久没有看到这么美的云了。我好羡慕那棵高高的梧桐树，她站在风里，和白云说话。

我知道，在山林里，云朵们常常到湖中照镜子，梳妆，有时，她们整日徘徊在湖泊上面，如簇拥着的白色花瓣。那些美丽的倒影啊，让湖水变幻出莫名的神秘。我常常静卧草坡上，远望这一切。我知道，哪一朵云最好看。可有时，等我一觉醒来，云朵们纷纷离去，不知去向。

那个下午，我仰着头，几乎一动不动。真担心，白云们倏然远去。

这些游走的云啊，从哪里来呢，是从我熟悉的那片湖上来吗？她们走了多远，又走了多久？我有些想念，想念她们，也想念我自己。

2010 年 10 月 20 日　和平里

浪花是一个神话

白天的海，几乎是灰色的。

所有的，关于大海与蔚蓝的写意，像是一个曾经的谎言。

海风的到来，带着善意，在那个极热的夏日夜晚。

我们沿着海岸，让脚步停下来，发丝里，有清凉的寂静。

夜晚的海，则是黑色的。巨大的黑。

我躲在母亲怀里，看浪花层层叠叠拍打着岸。

夜晚，浪花是一个神话。

她们从遥远的莫名的深处，向着彼岸，一次又一次，结伴前行。

那声响，似乎源自一个远古的仪式。又像是一个终结者的歌唱。

是的。这里，也许是一个彼岸，也许是一个梦幻。

母亲说：浪花是海的女儿，喜欢在深深的夜色中肆意绽放，直到形成美丽的破碎。

2010 年 11 月 6 日　和平里

蓝天上的轻轻划痕

第一次发现时，她们一闪而过。

很想看清：她们留在蓝天上的轻轻划痕。

后来很多次，经过拐角时，我都会抬头。

想着：她们也许会沿着原路返回。

一个好阳光的正午，我在银杏树下。她飘落的叶子，又让我想起那些飞翔。我把叶子堆成山，金黄的叶山。

就在此刻：一群鸟来到树下。她们“咕咕咕”，窃窃私语，低着头，小步走着。也东张西望，好像，在寻找一件丢失的玩具。哦，我立刻认出她们来，跑了过去。

谁知：哗的一声，那些鸟儿们飞走啦！

我惊异地站在那里。

她们飞过树梢，飞过蓝天，飞向我不能抵达的那边。

是不是飞到了我的山林？

我想请她们带去问候：给湖水，给树，给花，给野草，给山坡，给虎兄弟，给那条我经常走过的小路，给山背后的白雪，给我曾经懵懂的爱情。

我喜欢看她们飞。任性而自由。

她们永远不重复自己的路线。

不会沿着原路返回。

永远不。

2010 年 12 月 4 日　和平里

看见月亮

又一次站起来，立到床边的角落里。前面就是黑夜。

有一个瞬间，眼睛好像被突如其来的黑蒙住。我大声发出一些奇怪的信号，可没有谁能懂。

于是，慢慢的，让自己安静下来。我竟发现了另外的世界：黑暗是透明的，熟悉的玫瑰花，低声环绕的乐音，都轻轻地浮现出来：她们自然地安顿在黑夜里，仍然那么好。

隐隐有些光，正漫过窗帘。于是，向着光爬去。

母亲掀开窗帘。

哦，正好看到月亮。她闪着清澈的光。

那一刻，真的，仿佛神灵正向我走来。

2010 年 12 月 8 日　和平里

我想画出一个美丽山林

我画啊画，好像画出了几条河流。

那条曲折的，是草原上的河。我在前世遇到过。我知道，今生也注定与她相逢。可如今，我真的，无法向你说出她折叠的往事。

那个短的，是一条小溪。水草清亮，里面生活着小小的鱼。这些精灵们啊，让我想起自由和自己。

还有另一条，飞到天上去。也许：河流，云朵，雨滴，雪花，她们都是亲人吧，于是，我在云边，画了小雨点和白雪花。

母亲看着我的画，笑起来。她开始讲故事。

可我该怎么告诉你呢，其实，我想画出一个美丽山林。

2010 年 12 月 8 日　和平里

辑五

我的那些声音，来自山林

好奇时，我是一股清泉
我的声音
是偶尔越过天空的鸟群

一件小小的蒙古袍

作为礼物，一件小小的蓝色蒙古袍开始属于我。

穿在身上的蓝，是天空的词语，我仿佛不再是我。

是过去。是万里无云。是纵横驰骋。是天高地阔。是信马由缰。是自由自在。是放纵是隐喻是你是我是一朵云游荡。

也是未来。是不曾说出口的誓言。是一个问号，一个惊叹号，一个转折号，和一个省略号。

而今，很多时候，我活在一件普通的外套里。

那个蓝色的蒙古袍，已经很久很久没有穿过。这是我最深的忧伤。

2010 年 11 月 21 日　和平里

额吉河，一条隐秘的河

每晚，我仍然愿意吮吸着乳汁，入睡。

她们总是汩汩而出，似乎源源不断。

这，就是我的额吉河了。

流淌的额吉河，源头在哪里。这是我长久以来的追问。

你知道，源头总是一个难以抵达的地方。有时我偷偷用牙齿试探，企图发现那个来处。

是的。是这条河流的存在，我才会在夜深醒来，又安然睡去。

我喜欢徘徊在她身旁，特别是夜晚。那条河流缠绵着乳香，让花朵暗自开放。

母亲喜欢这样几行诗：

世上所有的江河
都源自额吉河
世上所有的人
都是额吉河的金色小鱼

很久很久以前，我就熟悉这些句子。母亲曾无数次地默念给我听。那些夜晚啊，她沉醉于诗行间，像是在呼唤星星，而我，则在游向额吉河的梦中，等待一个奇迹的诞生。

也许，是这首诗秘密地牵引着我的到来。

我愿意相信这个天真的假设。

真的。诗是一个预言，充满灵性，如神。

而今，只要母亲读起她来，我仍然会情不自禁地笑。那些默契的深意，密藏在无法言说的远方。

额吉河，是一条隐秘的河。

那河的源头，始终在河流之外。

2010 年 11 月 21 日　和平里

自由而孤傲的背影

父亲站在门口，我立刻认出他来。他走了很久很久。究竟去了哪里，我不知道。

他用胡须亲我的脸，我笑啊笑。

父亲的突然出现，好像引来了小星星。温暖与光亮随之而来。

夜晚。辽阔的安宁，巨大如幕。

如此寂静中，我想起了父亲前世的脸。

是深夜，父亲的身影模糊在树丛中，神秘而高大。他总是喜欢独来独往，独自占据着大片丛林。父亲像一个谜，留在我的梦境深处。

父亲不知去向的日子里，母亲的勇猛超乎寻常。她的勇气，源自天性，也来自爱。夜深，母亲总是一次又一次，向着危险，向着丛林深处，进发。

如今，我时常会感到孤独。

每当此刻，我会想起父亲，想起父亲自由而孤傲的背影。

2010 年 12 月 14 日　和平里

卷起来的异乡

总是有人问起来，问起我的卷发。

她们的猜测里：关于血脉，关于颜色，关于故乡。

母亲说，她总在此刻，想到一个词：异乡。

还有那些奇怪的追问。

母亲总是微笑着回避，却又陷入另一种不安。

她说：异乡是一个伤感的词汇，她不喜欢一说再说。

于是，我们走入更深的沉默。

2010 年 12 月 8 日　和平里

一封写给圣诞老人的信

亲爱的圣诞老人：

今夜，听着窗外的风声，我在给你写信。寒意漫过橘黄色的窗帘，向我袭来。母亲说，我那遥远的故乡此刻正飘着白雪。

我想说的是。今天，我又整日待在屋子里，没意思极了。已经很多天，冷风总是反锁着门。我有一种被困住的感觉。

你知道的，我的那些曾经。说真的，我早已习惯了山林，习惯了旷野和狂吼，习惯了辽阔和自由。可如今。有时，我竟不知自己身在何方。

想起这些，我会越发感到寂寞。

记得秋天时，我和伙伴们，总是在一片银杏树下游荡。那时，天蓝得，让人想起湖水。而今。风越来越大。我只能站在窗前，向外看。

今夜，我这样给你写信，并不是说冬天有多糟糕。相反，我是爱她的。在我记忆里，冬天总是和白雪在一起。那些来自天国的白色精灵啊，让一切回归童话，多么好。可如今，我来到冬天已经很久，还没有看到过一次雪。

亲爱的圣诞老人，请原谅我偶尔的调皮，送给我雪花好吗。在这荒凉的土地上，我会像等待神灵一样等待着一次雪花飘零。然后，在漫天飞雪中，望到故乡。

拜托了，亲爱的圣诞老人。

爱雪的孩子

2010年12月25日圣诞凌晨

收藏起来的四季

母亲说，我春天时，常穿的那件天蓝色背带裤，她收了起来。她说：那黄色的边，如初春的柳芽，摇曳在浅淡的春天下。

夏天，我有一件蓝白相间的泳衣。当在海边，我就如一艘船上的水手。海鸟像是一位相识已久的朋友，在我身前盘旋，像在呼唤我的名字。母亲说，收藏起她来，就收藏起了遥远的海和整个夏天。

母亲将她叠好，放入收藏夹。那里，保留着我的……和……

是一双白袜子，一双蓝袜子。也许我把信任交给她们，那些初来的时候，那些小小的模样，那些混沌的笑声，都在不经意间被她们收藏。

请把秋天交给那个正在向天空的色。她是一条橘黄色的短裙，沿着未来的路线，向着远天归去。

这件外套，我不再穿了。……银杏叶……秋天。

母亲将她收藏。

拾起一片秋天的银杏叶

收藏起来的四季

春天。那件淡蓝色背带裤。如今，母亲将她洗净、叠好，放入我的收藏夹。

像两棵矮树，站在山坡上。那缕鹅黄色的边，如初春的柳芽。

曾经紧贴在我胸口的，是那一头还在冬眠的小熊。我的小熊。

看着她们，依稀又回到山林的传说。

夏天。我曾拥有蓝白相间的泳衣。

坐在海边，就如小小的航海水手。

海鸟是一位相识已久的友人。盘旋在上空，声音孤单，像在呼唤我的乳名。

母亲说：收藏起她来，就等于留住了遥远的海和整个夏天。

请把秋天交给那条游向天空的鱼。

一条橘黄色的小鱼。正沿着未来的路线，向着远天归去。

这是一件童话外套。我还未来得及穿时，她已经小了。

母亲收起她，就如拾起一片秋天的梦幻。

冬天。是一双白袜子，一双蓝袜子。

请允许我把信任交给她们——两朵盛开的牵牛花。

那个逝去的冬天，那些初来乍到的时光，那片混沌的哭声，都在不经意间被她们敞开的花瓣倾听并永久地珍藏。

2011 年 1 月 12 日　和平里

我的那些声音，来自山林

我的那些声音，来自山林。

清晨，我是一只幸福的鸟。

你在窗前，是否听到了清脆的鸣叫。

宛如一只百灵，在初升的光线里，引来明亮。

孤独时。我喜欢像狼一样叫出声来。

黄昏时的落寞，令人无处可去。

我低声地，发出求救的信号。

母亲会顺着我的叫声，停下来。好像我们正游荡在旷野。

临睡前，我如落叶般自语。

好奇时，我是一股清泉。

夜半惊醒时分，我是那只被追赶的梅花鹿啊。

你说我在哭，不，那是山谷的回声。

如今，没有空旷的山林，我一直把虎啸的姿势，留在记忆的转弯处。

2011 年 1 月 23 日　和平里

我看见两只小鸟在说话

正午。

母亲和我，一前一后，走在小路上。

步子很小，慢慢地走。阳光，也慢慢的。

一棵矮树旁：我看见两只小鸟在说话。

她们，说着故乡的语言，悦耳，清澈。

忽然，一只飞起来，落在树杈上。

另一只，也跟着飞起来。

她们站在树梢上，仍然说个不停，声音明亮。

我抬起头。原来，天空也在听。

她们的小身子，不停地动来动去，始终伴着幸福的语速。

两只小鸟在说什么？我不知道。

可我真的羡慕：她们是有伙伴的鸟孩子。

2011 年 1 月 30 日　和平里

我们俩。和窗外的雪

2011.2.10

我捧着母亲常读的那本书，开始读。
不是默读。是朗读。我发出声音。
（自己的）
不均匀的声调。忽而飘浮。忽而
升起。忽而无影无踪。

我的声音，除了自己，没有谁能懂。
这是一个如此美妙的状态。如窗外
的白雪，没有谁能读懂她~~静默~~
抚摸
在大地上的语言。

此刻。房间里，如白雪般静。
我的声音，是偶尔越过天空
的鸟群。

母亲用余光看着我。~~像在阅读一个~~
~~奇怪的谜~~。她捧着另一本书，就在我
身旁。当人群退去，世界又回到我们俩。

我是她眼睛里
的谜语

这个下午。只有我们俩。
缝合
窗外的白雪，是苍白的背影。为我们
修复了残冬的记忆。我想用圆满
来描述这个冬天。
整

⑤

我们俩，和窗外的雪

捧着母亲看过的书。我开始，读。

不是默念。我试着，发出自己的声音。

不均匀的语调。忽而漂浮。忽而绽放。忽而无影无踪。

恍如，一刹那的白雪。

没有谁能听得懂：她抚摸大地的语言。

母亲看着我。一直看着。

我是她眼睛里的谜。

当人群渐去，世界退回到：我们俩。

这个白天。只有我们俩。

窗外的雪。圣洁。修复起残冬的记忆。

母亲说：圆满。

她想把这个词汇，留给即将逝去的冬天。

此刻。房间里，寂静如雪。

我的声音。是偶尔，越过天空的鸟群。

2011 年 2 月 10 日　和平里

辑六

窗口的孤独

孤独的时刻

抵达月光

伴着所有生命的词

窗口的孤独

上午。时间，是未打开的花苞。
我伏在窗台上。游戏开始——
规则是唯一的：看。
主角是唯一的：我。
剧目是唯一的：孤独。
午后。我用彩色线条，涂满白色窗台。
一朵花，正开。几只鸽子停在楼顶，另一只独自飞。
窗口。站在两个世界的边缘：进退两难。
傍晚。时间的，暗香浮动。
窗口，隐藏了锋芒。
边沿消失于夜色。
此岸成为彼岸。
我看到：星星散落人间。
这个窗口。我知道。
整个冬天。除了我，只有北风来过。
2011 年 2 月 15 日　和平里

深夜，我被偷袭

昨天深夜，趁我熟睡，有蚊子若干或一只偷袭了我。

早晨醒来时发现，仅仅在我的右臂上，但是他们的作案现场还在：几乎完好地保留着，就印着开出了七个红色疱疹的花。

偷袭我的勇士们早已逃之夭夭了。因为看了心疼。明知我的[illegible]只是咬过的[illegible]，还[illegible]。

说真的，我还没有学会，用手拍来把每一只蚊子的生命[illegible]。我不要学会那个动作。

这些深夜行动的家伙们，有着自己的生存法则。在我看来，蚊子们是足够勇敢的。他们以自己弱小的身体，居然敢有胆量说[illegible]与人类间[illegible]的这些大家伙们。尽管有无数位前辈在其历史长河里，蚊子们的先倒在战场，又后继者仍然前赴后继，顽强战斗，英勇牺牲。了不起。

深夜，我被偷袭。这晚让我明白了一位弱小生命的生存方式。而我

蚊子的歌唱及其深夜偷袭

蚊子是在夜晚歌唱的。

她喜欢绕着我的头，飞啊飞，唱啊唱。那歌声里，有一些美妙，也有悲凉。似睡非睡中，我任她在指尖跳舞，狂喜，醉酒，和怀念。

案发在深夜。

等我早晨醒来时，发现额头上、肩膀上，还保留着她们清晰的作案痕迹：如几朵小红花在绽放。确定无疑，昨夜有一只或几只蚊子战士偷袭了我。待太阳出来时，她们早已逃之夭夭。

我还不会用手掌去扼杀一只蚊子的生命。但愿我永远不会那个动作。

这些深夜行动的小家伙们，有着自己的生存法则。在我看来，她们是足够勇敢的，以自己弱小的身体，居然有与人类这些大家伙们周旋的胆识。在蚊子的历史长河里，尽管有无数前辈们早已血洒疆场，可后来者仍然前赴后继，顽强战斗，生生不息。

歌声在继续。

这些飞着的小生命啊。

原来，她们的歌声中充满了纵情与哀伤。

2010 年 8 月 11 日　和平里

亲吻

母亲喜欢亲吻我的额头，我的脸。

我也亲吻她。

我们相互欢喜。

亲吻成为暗号。笑声是易解的密码。

我还喜欢亲吻一只布老虎。

当孤单，或高兴时。

亲吻，是美丽的太阳。

我也亲吻过春雪。

可她，没有回来：

当我把雪含在嘴里，一点冰凉之后。

也许，雪花是一次虚无。

如同：吻的模样。

有时，我想捧起一个吻。

就像握住母亲的手。

2011 年 3 月 14 日　和平里

哦，那些花开，那些鸟鸣

玉兰花开
一天就是一生
它有白色的花瓣

母亲在读。我似乎听懂了什么。笑起来。母亲也笑。

我爬过去。正好打开的诗册，像两片叶子相对注视。

我的手印，如一枚小小书签。

很多次。我从玉兰树下经过。那幼嫩的花蕾，是婴儿的脸，是我。

而那些蓝色花朵，哦，我的蓝色花朵，早已盛开在水边。

是一朵忧郁的鸢尾花吗？母亲一直深爱着她。

山中
阳光蓬勃生长
事物的阴影那么小
小山雀跳跃着
歌鸣
不断增加光的强度
我不怀疑
它娇小的体内
藏着旷野

哦。我听到山林在歌唱。

鸟鸣，是春天的鸟鸣。

花开，是春天的花开。

溪水们呼朋唤友，奔流而去。

似乎，似乎所有的所有的旷野都微笑而来。

我的小山雀啊，我的好邻居。

那些山林的日子里。你们的无伴奏合唱，曾安抚过我怎样的孤独。

多么美妙的夜晚。

在进入梦乡之前，

我恍然握住了前世的手。

2011 年 3 月 17 日　和平里

抵达月光

右手食指按在“月”字上，

轻轻抚摸。那一刻——

我似乎正在：抵达月光。

母亲接着读：

真好啊

当我收拾那些晒干的菜叶

新月从疏朗的树丛间出来

于是。我们离开诗册，来到窗前。

月亮——

母亲的声音闪着光芒。

好像，整个白天和漫长的黄昏，

我们只为等待：等待此刻的月亮升起来。

又见到她。

月亮是我的情人。她是万物的情人。

我真想飞出去，抚摸她清凉的脸庞。

今夜。

月色无边

仿佛已是来世。

2011 年 3 月 19 日　和平里

从名词开始的世界

那些名词向我涌来。

多么单纯的世界。一粒米的分量。一只苹果的味道。我在名词中，发现了世界。

感谢名词。星星般闪着光亮。我顺着一点一点灿烂的伴字，

发现整个白天和夜晚。

它们，几乎难以触摸，却又置身其中。

不是。我在我的新的旅行。以名词引领，穿越

村。穿越山林。穿越遥远的苍茫。

我是谁，原来，一切

你是谁？

这不是一个深刻的追问，却是一个最初的提问。

人们喜欢如此提问。

显然。我是谁，是需要回答的问题。

一个简单的问句。却我难于回答。

我在哪里

难以确定，我在哪里。

如同，我不能指给你一片月亮的准确方向。

或者，一颗星星，似乎也无法言说。

此刻正在行走。

那些名词向我涌来

那些名词向我涌来。星星般闪着光亮。天空。大地。云。我的手。一粒微小的米。一只谈论速度的蜗牛。

置身于名词的世界，我必须等待自己重新降临。

风声四起。雪花难以言说。却仿佛开始了一场奇异的旅行。

曾经的形状、颜色和味道，忽然间被命名的陌生隐喻，在古老的时间背后生根发芽。

找不到出口，名词汹涌之间，包围了我的城池。

多么单纯的开始。我说。

名词。以名词的方式。

成为结局，成为打开万物的窗口，成为我要说出来的虚无。

终于。这是一次难以逃脱的流浪。以名词引领。

我只能握住她的手，窥视隐藏的世界，轻抚大地的脉搏，找到那个存在之所以为存在的空洞理由。

2011 年 8 月 25 日　和平里

置身于最初的动词里，我只能以动词的方式
讲述自己的存在、力量和意义

更多的动词

。聆听夜晚，声音的宁静

动词，比名词更危险。在诞生之初的那一时刻。也比名词更危险

企图

动词，是无法说清的。

言

词汇

将奔跑的姿势。 在没有动词之前

我以动词为理由，
辩白我存在的力量
尽情

请不要说出那些动词。

让我回到动词之前的世界，一切都在安然、宁静中。

如果

在动词之前的地方。

请不要说出那些词汇。

我小小的

天空包容了我的笑和歌声，

大地接纳了我的足迹

继续与奔跑

也是动词

的足迹。

我创造动词，

是从动词开始

笑啊、跑啊、跳啊

这是我与世界对话的方式。

天地

海洋

但如果没有动词，所有的名词都失去意义和光泽。

我在，动词开始的地方

我在，动词开始的地方。

诞生，是一个了不起的动词。所有的一切，都因此而富有意味。

以动词为原点，我发现着自己，与这个世界的关系。

生命，如此奇妙。几乎就是用身体创造动词的旅行。

爬。哭。笑。走。跑。唱。多么生动的词汇：简单，本质，亘古又常新。

重复着也是美妙的。

我依赖这样的方式，与天地对话。

天空，包容我的笑，哭，叫，唱。

大地，接纳我的爬，走，跑，跳。

请让我以动词为出口，尽情释放生命原初的激情。

置身于最初的时间里，我只能以动词的方式探索自己的存在、力量和勇气。

因为——

我的小小生命，是从动词开始的。

我也终将，以最后的动词死亡，收场。

2011 年 11 月 21 日　回龙观

迷失在回家的夜路上

忽然间。天黑了。已是傍晚。

我们在回家的夜路上。

一直向东，再，一直向北，就是家的方向。我们深信不疑。

可是。此刻。原野空旷，寂寥，无边无垠。

北纬四十度以北的黑夜里，迷失成为主题。

迷失。一个险些成为名词的动词，隐藏着暗光。

没有剑。请给我勇气和力量。

小路凸凹不平。那些小小的石头粒，慌张不安，如我们瞬间的茫然失措。

岔路口。岔路口。岔路口是危险的代名词。天空深暗。

每一个路口都停在冷风中。张望。猜测。询问。质疑。

选择一条路，就皈依了一个方向，或者抵达，或者完全背道而驰。

哦，我们几乎是在判断夜晚的命运，预言能否和你清晨再相遇。

黑夜裹紧着身体，越来越紧。

从来没有如此渴望过光，哪怕是微弱的。

回——家——

我怀揣着这个关键词。默念。默念。再默念。

一定是她温暖的本意挽救了迷途。

终于，发现了遥远的光。

2012 年 2 月 7 日　回龙观

当死亡与我擦肩而过

一场难言的哭泣之后，我不知自己身在何方。
雪花飞落。山坡上的矮草。亲爱的牛们。
请相信我的远道而来。
可此刻，我不能够伸开双手。请原谅。
夏天还在梦里——
小牛犊眼神的忧伤，枯树的寂静，后山沙土的温度，你的脸。
多么近，又多么远。
可我不能醒来。
谁在呼唤——是祈祷神灵的声音么。
可我不能醒来。
死亡，翻墙而过，我看到了她的旧衣衫。
那些火苗幽蓝。神奇的密码，难于破译。
我只好向后退去，再退去。直到梦的尽头——
哦。我的天空。我的星星。我的沙土地。
只有你们相信：
我曾经的仰望和奔跑，
那些源头的探寻，和去处的凝视，
还有我不愿离去的呓语。
请还给我一个天真的存在。
2012 年 2 月 8 日　回龙观

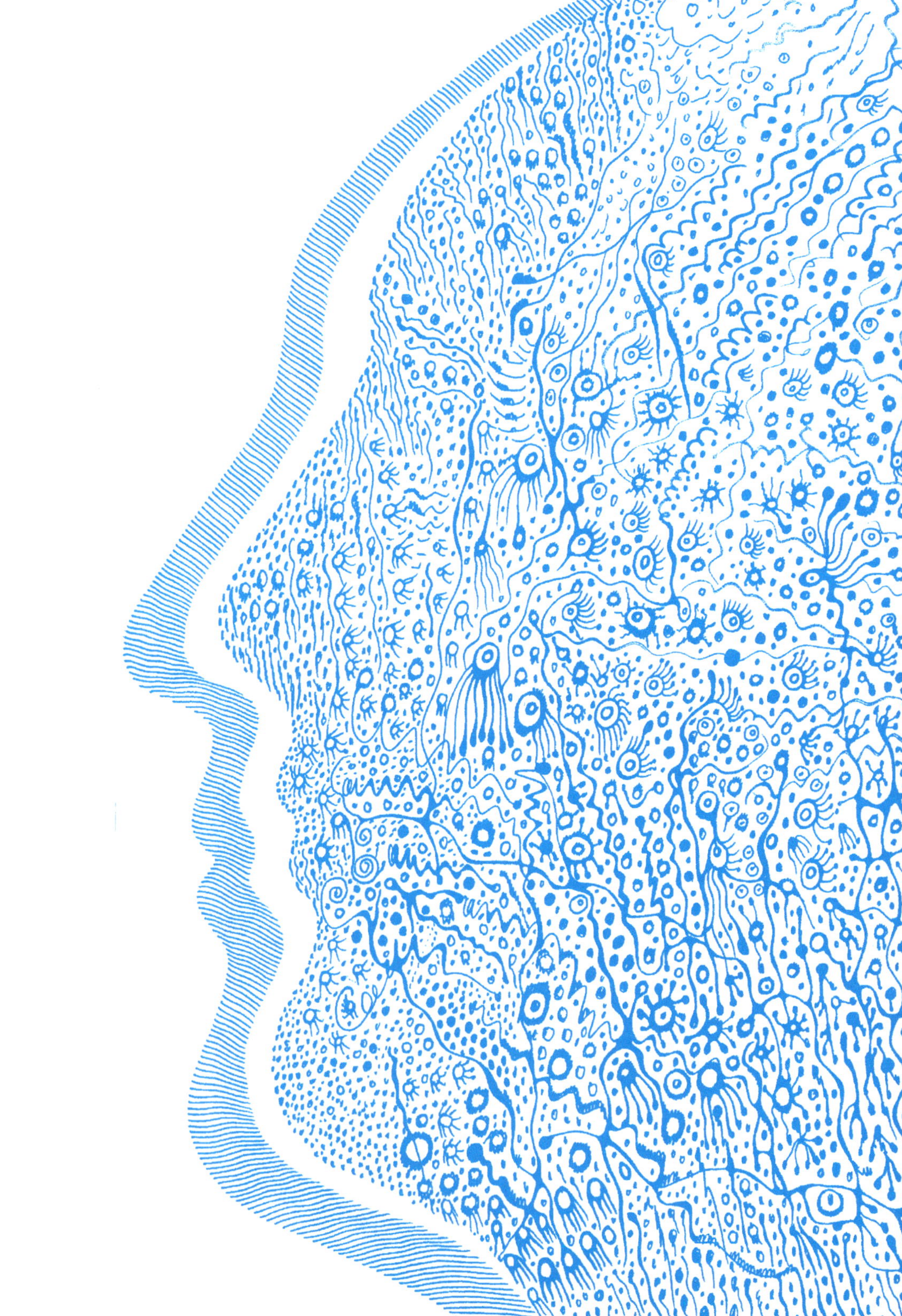

辑七

深蓝的名字

深蓝的思想

带着五月的句子与忧伤

经过清晨的流浪

清晨经过

喜鹊

路旁的大树上，住着一只喜鹊。

每天清晨出门，都能听见她在歌唱。

每天都能遇到。

大树很高，我很矮，喜鹊住在枝头。几乎看不清她。

正好。这是我喜欢的距离。

她唱着自己的歌，欣喜于清晨的光线。

我走着自己的路，用耳朵发现她的美。

麻雀

麻雀的声音很小。有时不说话。她们蹲在枝头。不热闹也不孤单。

当我清晨经过时，她们依然。

这让我想起过去。想起飞翔。想起细微的雪。

这是我喜欢麻雀的小小理由。

一棵树

一棵树的美，圣洁。高贵。

清晨经过时，我又停下脚步。

透过她的发梢，天空正蓝。

2012 年 2 月 15 日　回龙观

你的来信

雪花，终于飘落。安慰了整个冬天的寂寞。

你的来信。

策马扬鞭，我向着温暖的北方急驰而去。往事翻卷。

你的来信。

一条河流慢慢地呈现，静静地远去。那里停泊着你的童年。

河流的方向就是岁月的方向啊。

你不愿提及她荒芜的线索。只说童年。

童年。童年。

你的河水清澈，光亮。芦苇多么美哦，依然在水中荡漾。

黄昏里，你的小脚印映着夕阳。

你在岸边奔跑，奔跑……

时间正在老去。我们仍旧躲在童年里成长。

有人在河边饮马。那里有你喜欢的云青马，枣红马，黑骏马。

你躺在河边数星星——星星那么多，你那么小。

深夜。泪水滴在戈壁上，一朵兰花盛开。没有谁知道这个秘密。

哦。你的来信。

2012 年 2 月 26 日　回龙观

像石头一样流浪

或棱角，或光滑，孤独时都一样，不语。像山。

石头的家，在山那里。

这样想时，流浪闪过。

那一刻，她们和我在一起：几只流浪的石头。

握在手中。放下。再拾起。重复多次。这是我们的相处方式。

我的手心清凉。温润。

石头们互相亲近，发出声响。仿佛来自遥远。很快，又回到平静。

回到各自中。

2011 年 7 月。我的地坛。

时间。地点。是一个存在的坐标。

此刻。我已然停在回忆中。

鸢尾花丛。我的石头们。

她们藏在那里。一个隐秘的临时居所。

刚刚经过一场雨。

我低下头，捡起一颗，再一颗。

傍晚的光。美过头顶。

后来。很多次经过。很多次拾起。很多次。

我的石头们。

后来。我和她们告别。

我要离开那个家。那个出生不久的地方。那个温暖的摇篮。

离开：一次流浪的起点。

那夜。我把她们藏在鸢尾花丛深处。

多么美丽的吉普赛石头啊：饱满，野性。

她们为我沉默着唯一的动词：流浪。

2012 年 3 月 21 日　回龙观

春天开始.

当春天开始. 春天开始的时候.

春天开始的时候.

越过

从梦里出发的雨 正 燕子的飞翔, 和鸣叫. 去年秋天捡拾的

秋叶 落叶在花园 盆旁. 飘落在花盆旁.

落叶

尖叶飞去. 似乎 泥土的味道 旷野 荒野的感觉.

停在野

那里有 那些消息 隐 时光又闪亮.

春天开始. 消息的旧时光 的 露珠般

当春天开始 越. 又闪亮.

还停留在老地方

整理冬天的回忆 园

秋天的叶子 还停留在老地方. 当春天开始 那些叶子

的湖水

我在春天里 → 望到秋天, 冬天的雪花 漫天 雪花漫天

春天里 →

我们最初的慈祥 当春天开始的时候, 悲伤与喜悦 从前一样

我们最初的模样 → 春天开始的时候 我们

我们悲伤.

当春天开始的时候. 想起故乡 故乡

当春天开始的时候, 想起故乡. 想起故乡. 想起故乡

我们悲伤. 春天开始的时候. 悲伤喜悦, 从前的模样

与从前一样 当春天开始的时候呀.

当春天开始

当春天开始。从梦里出发的雨，正越过一只燕子的飞翔。

当春天开始。去年秋天捡回的树叶，还散落在花盆旁。尘土飞过，停在身上。似乎，那里有泥土的味道，荒野的感觉，那些消隐时光又露珠般闪亮。

当春天开始。整理越冬的厚衣裳。而那些叶子，最好还留在老地方。让我在春天里望到秋天，望到之后的，雪花漫天。死亡最初的慈祥。

当春天开始。想起故乡。我的悲伤和从前一样，从未改变模样。

2012 年 4 月 24 日　回龙观

深蓝的石头

我，一颗深蓝的石头。

逍遥，自由。

太阳，月亮。

那颗闪闪发光的星星啊，

有时，我问：

月亮多大岁？星星多大岁？

可是没有谁能够回答我。

天明时，我看不到太阳。

很多夜晚，我望着月亮入睡

那颗红叶啊，[illegible]

在故乡的山坡上，

父亲常常说过

迷失了星星

隐藏

分担着白天

和夜晚。

当[illegible]天空星星，我

[illegible]

深蓝的名字

一个深蓝的名字。辽远。自由。

迷恋于深蓝的秘密。

有时，我问：

月亮多少岁？星星多少岁？

可是，没有谁能够回答。

太阳。月亮。

奇妙地分享着白天和夜晚。

她们之间隐藏着怎样的暗语。

当天空突然变黑，我会感到害怕，也惊异于黄昏的转折。

那群游牧的星星啊，在故乡的山坡上，离我那么近。

每一颗，都饱含天真。

而那枚滑落的，究竟去了哪里。

北斗七星。每一个夜晚都闪亮。永恒，原来在她那里。

哦。一个深蓝的名字。

只关心太阳、月亮和星星。

2012 年 4 月 8 日　回龙观

一片龟背竹的新叶和一朵小白花

水。渗入土层，浸润肌肤。龟背竹的根，在沉睡中越过冬天。酝酿了一次新生。

越过冬天时，龟背竹感到了寒冷。

叶子在坚信和希望之间，

她的眼神里，

是坚强，而不是诉说。

我能走到

水。浸润她的根，渴望

从此，龟背竹的叶子

也渐渐枯萎了。

我眼看着两片叶子，枯萎。不能掩饰

一片新叶

越过冬天时，龟背竹感到了冷。

叶子在深绿与苍绿之间，微弱喘息。

后来。有三片，演绎了死亡。

我内疚。开始担忧她的未来。

这棵巨大的龟背竹，曾有着丰饶的过去。

她的枝繁叶茂，体态丰盈，和那健壮的根系，

都无疑在证明着时间深处的蕴藏。

而冬天。而三片枯萎的叶子。而。

水。当一切从水开始。

流淌的，清澈的，温暖的，水。

缓慢地向着根，向着来处，向着土地，向着最初的方向。

时间，却在相反的路径上刻下痕迹。

等待和可能，守望在来世与前生的交叉路口。

当清晨。当一片新叶子诞生。

我要说的，是一棵龟背竹的命运。一场奇迹。一个春天的隐约悲喜。

2012 年 4 月 9 日　回龙观

沿着词，走向句子

沿着词，走向句子。这是我最近的爱好。

一个句子，是一枚未知的花朵，不知道会在哪里开放，在哪里飘零。

从词。到句子。掠过声音的表象。试图发现、描述并抵达沿岸风景。

可我，似乎永远在途中。一次旅行的奥秘。一次反叛。一条河流的弯曲背影。

色彩并不可靠。当黑暗覆盖夜色。虚幻是一个句子的来处。一个秘密的来处。吾将空行而至。

一棵树。是否在被错过的时刻，独自闪亮。我无法找到一个真实的句子。如同，我不能告诉你那些被错过的时光。

一个句子的诞生，企图摆脱杂质。

而自由终究是一场奢望。

当描述成为可能。如同辽阔被定义所荒唐。不如回到从前。回到句子之前。回到词之前。回到沉默之前。

凝视。或者梦。一切刚刚从无知开始。

母亲说：成长是一次悖论。

2012 年 4 月 27 日　回龙观

孤独的蹄声

月光。仍然是奇迹。她的注视下，众神归来。

你的歌声，响起。穿越风的方向。

她们就在深夜。循月色而来。

漫山的白桦树啊，翻阅记忆。山坡蔓延成往事和雪。

你的歌声，仍停在树梢。

死亡。和忧伤一样，隐藏在山峦的起伏与折叠间。正如你连绵的歌唱。

站在一条河流的过去。你的歌声。

融入蓝天的思想。

月色里，是谁骑着白马，留下孤独的蹄声。

2012 年 5 月 8 日　回龙观

五月 五月+数字 数字 喜欢的五月 数字在城市游走

五月五月 喜欢的季节

五月的数字 五月的数字 我们走在花园里 我们在城市走

一切都回到孤寂与忠诚 忠诚与孤寂

前所未有的

五月刚刚来临，五月开始的时候

一切都回到前所未有的孤寂与忠诚 这是我喜欢的五月

回到 前所未有的孤寂与忠诚

前所未有的孤寂与忠诚 一页白纸的漫步

神灵与我们更近 此时 遥不可及 切入这座城市的墙

离神灵更近 或更远 神灵更近更远

数字们 五月的数字们在墙壁间行走 这城市在五月

小路 一条小路隐没 侧身而行

追问五月 入山去 横亘一座

一条小路继续向前 隐入山去 山的阴影，猫抓背后的眼睛

数字不请自来与时间搏斗 终究无法

却 单纯的默契 五月刚刚来临 竟已滑向苍老的指尖

苍老的指尖 五月已滑向苍老的指尖

滑向 五月的声音如星光

白色

五月的数字在城市游走 天空忘记了我

好像突然 什么

五月的数字

突然。我说：二加二等于。等于什么。

答案如一缕风，轻微得近乎于无。

我们走在花中。五月，一切都回到前所未有的孤寂与怒放。

此时，离神灵更近。或，遥不可及。

数字们侧身而行，切入这个城市的墙壁，一页白纸的深处。

逆光寻问：一条小路继续隐没入峰峦。

终究无法揣测一座山的厚度，植物背后的眼泪。

数字不语。却和时间保守着单纯的默契。

五月刚刚来临，竟已滑向苍老的指尖。

我说：二加二等于——没有。

声音如白色星光。

天空好像忽然忘记了什么。

2012 年 5 月 26 日　回龙观

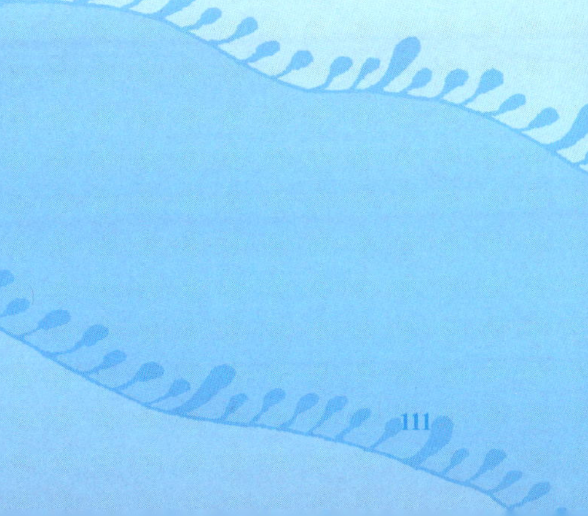

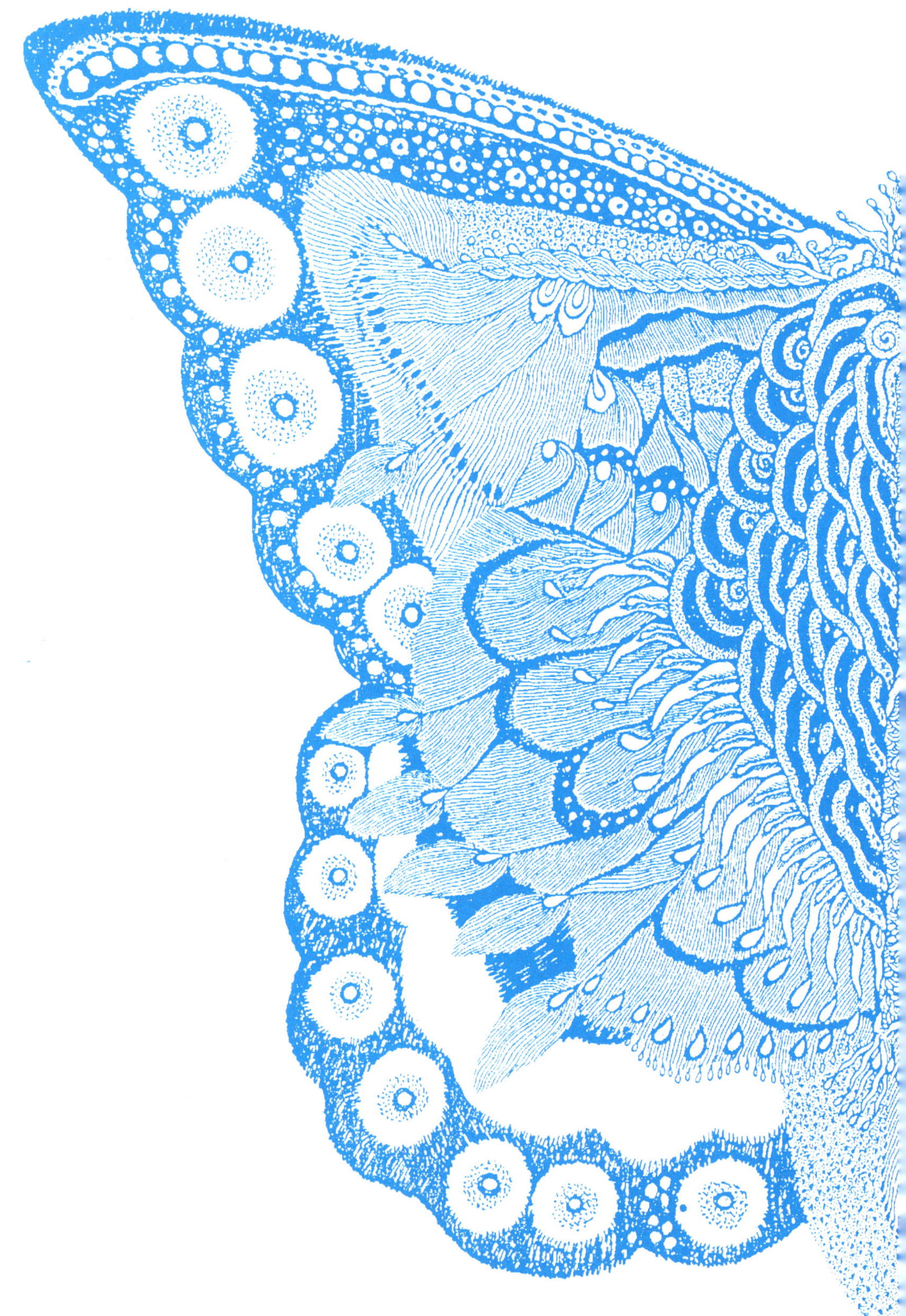

辑八

蓝胎记

生命的记忆

如雪，在一切之前到来

而所有的，只留下淡蓝色线索或终将归于无

淡蓝色线索

你曾这样来过：如一只蝴蝶飞越花丛。

只留下淡蓝色线索。

而我，至今徘徊于遥远的情节，印满竖写蒙古字的书上，散发出你指纹的清香，那里有神奇奔跑的野马，穿荡千年的记忆。

每个夜晚。你藏在云朵背后，我沉浸于天空的童话。当星星起航，夜色渐暖，所有荒原都是自由领地，任凭我狂放的舞蹈，超然于天地间。你的注视：空旷而辽远。

当飞翔掠过头顶。我总会仰起头。你曾神秘而至，来去无踪。一如翅膀清澈的剪影，改写蔚蓝的痕迹。于是，我愿意把猜想留给梦境。

傍晚。一只小鸟飞落窗台。我们无声对语。她是你的信使。来自于更北的北方。于是，夏日草原的金莲花，越入想念的城池。请原谅啊：我的孤独。

2012 年 5 月 30 日　回龙观

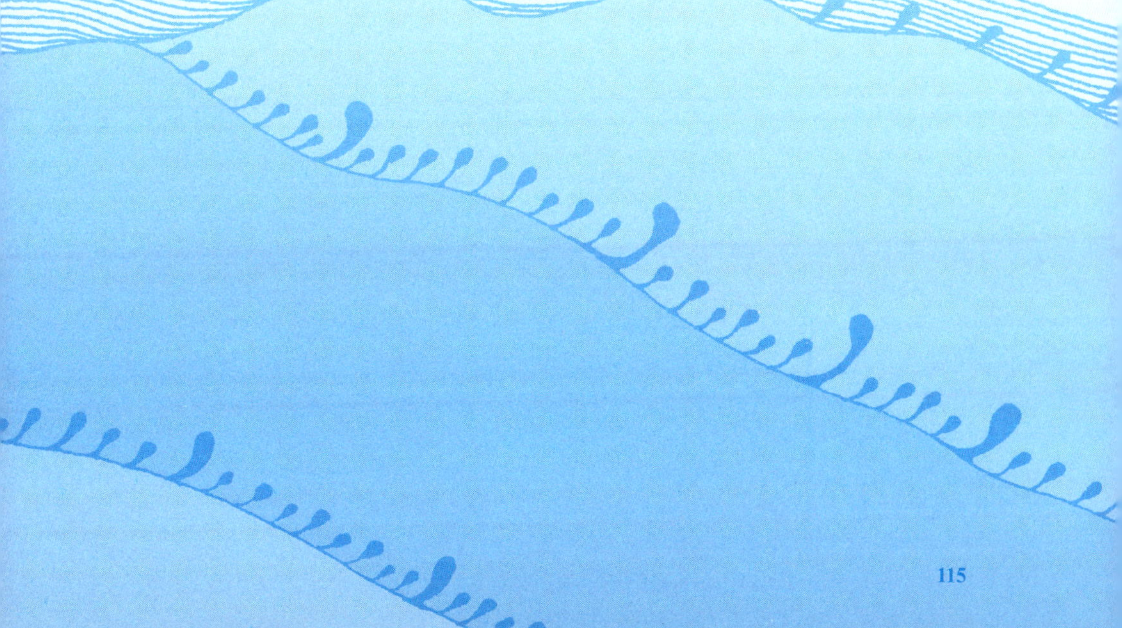

身体里的树

一棵树，长在身体里。
如芽。如叶。如枝干。次第而生。
成为源泉。成为密码。成为前世今生。
初始的水。流淌入月色。
你说：光。
眼泪，圣洁的语言，突然降临于转世的苍穹。
那夜。踏着你的梦，我乘白云而来。于是。
所有潜逃的词组，汇聚于掌心。
开出漫天星斗。
一棵树的美，在呼吸中圆满。
那些漂泊的露珠，于清晨找到来处。
天地静默。苍茫而至。
一棵身体里的树，如往昔般，透明，澄澈。
2012 年 8 月 29 日　回龙观

刀的发现

从远古而来。露珠冰凉且温暖。

陌生的重复：穿越戈壁，雪山，和荒原。

那是刀。我说。

所有的格式化，在被惊醒的童真里，回归荒诞。

一个漂亮的傍晚。

抛开版画，旅途和迷失。我忘记地点与时间。

而刀的发现，这个惊人的片段，终将成为锋利的刃，切入秋日的深蓝。

2012 年 11 月 22 日　回龙观

他曾经说起的语言，是母语

猫头鹰在深夜说起童年。田鼠和星星都听到了乡愁。
有一种声音，像沉默。
比如，当我用母语唱起《锡林河》。
回忆，是雪一样的故乡，风的寂寞，掌心里的冬天。
一些往事，刚刚眺望过我的窗口。
马群西去。如风的时间。
你说，这是一个神话的开头与结尾。
省略的段落，成为月夜，草香。
此刻，我正在想念一个背影。
他曾经说起的语言，是母语。
2012 年 12 月 6 日　回龙观

对话

我们相视而笑。

我站在这头，你站在那头，我们的对话泉水叮咚。

我的脚步笨拙，而你正蹒跚走来。

我们一起看星星。你说起小时候。

我愿意讲漫无边际的话，你总说，好。

我喜欢玩得天马行空，你说，这样才是孩子。

我们一起捡石头，捡树枝，捡冬天的风。

我们一同捧起时间的两头。

母亲说，有人为我们写过诗——

孩子说："有时我会把勺子掉到地上。"

老人说："我也一样。"

孩子悄悄地说："我尿裤子。"

老人笑了："我也是。"

孩子又说："我总是哭鼻子。"

老人点点头："我也如此。"

"最糟糕的是，"孩子说，

"大人们对我从不注意。"

这时候他感到那手又暖又皱。

老人说："我明白你的意思。"

这首诗的名字叫：《孩子和老人》。

2013 年 1 月 12 日　回龙观

blue Mark（蓝胎记）

每个人自己看不到自己的蓝胎记，却看到自己。

一朵蓝色的花，盛开，浮游在梅上。

这是我的猜想。关于蓝胎记。仿佛月光，是今夜的[illegible]。

这事过于微妙。有一些星辰，在视线之外，闪亮。

我站在[illegible]，另一个，而我，终于在[illegible]。

（我们相遇时，谁也无法说清准确的地点。）

那一次相遇，没有时间，谁知道，也无法知道地点。

也许在一条河流的源头，也许。

这是我的猜想。关于蓝胎记。

一朵花的优雅背影，[illegible]的清香。

仿佛蓝花的月光。或者珍珠。

蓝胎记。 或者星辰。或者走失的梅花鹿。

此刻。

送给[illegible]。蓝胎记的诗。[illegible]。

蓝胎记

或者，是鹰的指纹。

所有的描述都已陷入孤独。蓝胎记。

仿佛生命初始，哭泣的无助。

那个无法说清的降临。

此刻，谁能打开一粒种子守候的誓言。

蓝胎记。你这浪迹天涯的密咒。

所有的线索，都轻得如风。如无。

如你天生倔强的蓝。

2013 年 1 月 12 日　回龙观

母语倒流 · 逆流而上

（四）

2013.4.26. 满德酒之约（周五）
谈诗歌朗诵会。

是夜，梦中醒来，未眠良久。
有诗句涌来：

我不敢轻声说出你的名字，在这花开之前。

此刻，春天如理想般降临。
我开始回到一条河流的体温。（温度）

冬雪曾冰封过我的双唇。
哦，自由
依然闪动着旧白银的光芒。

——《母语》

我不敢轻声说出你的名字，在这花开之前。

此刻，春天如理想般降临。
我开始回到一条河流的体温。

冬雪曾冰封过我的双唇。
哦，自由，
你依然闪动着旧白银的光芒。

2013.4.27日清晨

母语

我不敢轻声说出你的名字，在这花开之前。

此刻，春天如理想般降临。

我开始回到一条河流的温度。

冬雪曾冰封过我的双唇。

哦，自由，

依然闪动着旧白银的光芒。

2013 年 5 月 2 日　回龙观

窗前是夜晚

一

站在窗前。是夜晚。

很多夜晚。我一个人站在窗前。

黑夜里的树，如一尊雕塑。

叶子们纷纷睡去。

此刻，我想回到一只鸟的梦境。

二

一棵树。

一棵美丽的树。

她站在那里，时间站在那里。

凝视一棵树的夜晚，神灵正在降临。

三

星星。我的星星。

看着她们，或指点，或沉默。

或者，回到未来。

一颗小星星，停在往事上。

四

我转过头说：妈妈，那是你喜欢的月亮。

此刻，微云漫过。

据说：她小时候，和我一样，愿意站在夜晚的窗前。

五

有雨的时刻。

我忽然感到孤独。

2013 年 7 月 16 日　回龙观

怀念一场雪

怀念一场雪

一场雪：清澈，圣洁。仿佛你那未被唤起的乳名。

雪，在一切之前到来。

曾经，整个冬天我拥有她。

起伏的脉搏，无限接近天空的秘密。神的话语。和你。

雪，在一切之前到来。

虚无，已被掩藏。所有的影子正在成为过去。诗意即将抵达。

雪，在一切之前到来。

土地静默不语。

朴素，是一片雪花的姿态。你的孤傲，与一片雪花亲近。

野性，在半空中，温柔如水。

依然在探寻来处。依然要回到本意。

空旷的傍晚。一双脚印孤独。

你的沉默，是雪夜的温度。

自由与雪星

今晚，不讲故事，好吗？

不行。

为什么？

要是不讲故事，我的脑袋里就没有自由。

你说：冬天来了，就下雪。

是啊。

圣诞节都过去了，我怎么还没有看到雪花。

那，做一个雪的梦吧。

天上有一个雪星。雪星上全是雪花。

是吗？

是的。我梦到的。

2014 年 2 月 22 日　回龙观

辑九

我亲爱的奈曼时间

我相信，从家门前的小路一直走下去

就能够与你相见

我亲爱的奈曼时间

你说，自由

真好。你说，自由。

星星在天空奔跑。一朵诗飞落云梢。

你的声音，来到风里。

关于一次惊醒，和另一只鹰的飞翔。

必须安静地，回到初始，重新面对一棵柳树鹅黄之时，内心的跳跃与默然。

夜晚。一段隐喻在出走。前世。彼岸。此在，和流浪的光。

雪花故乡，多么真实的梦境。

你的词。终究是一条河水的回声。荡漾，流淌，逆风而行，或者，向着远，接近蔚蓝的海洋。

2014 年 4 月 2 日　回龙观

②

夜晚的寂静

表达们拥有美好的夜晚时光，

虫鸣是从远处传来的。我听到她们总是把快乐说出来。

她们在进行的合唱。

夜来了，让白杨树成为巨大的黑影。

夜晚的到来，窗外是巨大的黑夜。

蟋蟀躲在窗前，

白杨树比白天更显孤独。

她在为我独奏催眠曲。我看不到她，接着，

偶尔，狗叫声从远处传出来。它们在夜晚，让自己的声音打破了宁静，

那些细小的声音，细腻，断续，

而人们在呼唤太阳的歌曲中，夜晚终于来临，

那些情侣的鸟叫声，就在窗前的苹果树梢上。

在自己的节奏中，一切才

夜晚的声音

夜晚的声音，是表情，我每夜都在聆听中诠释它。

虫鸣，从远处传来。蟋蟀蛐蛐蛐蛐，就在窗前，或角落里。

鸟鸣，是在清晨3时许。

我聆听着夜晚的节奏，仿佛迎接到第一个夜晚。

的表情，丰富深深，夜晚的到来，在她的宁静里，

一只小飞虫在偷偷的，我甚至听到扇动翅膀的声音。

是夜晚最深的表情

天边静静的自由。

第一个夜晚

蛙鸣是从远处传来的。青蛙们拥有美好的夜晚时光，她们愿意把快乐唱出来。

夜晚回到夜晚。窗外是巨大的黑夜。

白杨树比白天更显孤傲。

一只蛐蛐躲在窗前，我看不到，可她在为我独奏摇篮曲。

狗叫声从四处传来。他们在深夜让自己的声音抵达某个极致。我感觉到狗的恐惧。

另一些微小的声音，细密，断续，仿佛一切才刚刚苏醒。

而忽然间，这一切又都回归于寂静。

我甚至听到一只小飞虫在微光里扇动着翅膀。

聆听夜的节奏，仿佛这是我生命里的第一个夜晚。

2011 年 9 月 1 日　奈曼益和屯

⑤

我的专属时间

学会了 黎明 们

公鸡在天边唱着，就开始啼叫。整个清晨，她用歌声

召唤 宣言 为我

太阳。歌声接近尾声时，跟着太阳

追逐

升起的。方向，

最后一颗星隐没之时。

那一刻的闪现是完美如此迷人。

云朵拥抱着晨曦，天空在写诗，以纯净以透以透明的姿态。

今

自由盛开的

碧蓝的画布上。一幅画卷

凝视着她的方向，

△ 清晨，我跟着太阳的升起。

桂树的枝头

苍白的光，透过树枝，载着心灵。

仿佛

我把双脚伸进北斗七星，指头，触碰星空。

北斗七星总在，他们从未离开。有时，我枕着夕阳入梦。

我亲爱的奈曼时间

最后一颗星星隐没的时候，我开始踏着露珠迎接晨阳。

凝视。太阳升起的方向，那一刻的闪现与光芒。自由盛开。

天空在等待，以蓝以纯净以辽远的姿态。

我把幸福唱出来。

黄昏。光穿过树梢，橘红的枝头，仿佛藏着神灵。

门前的小路，一直向西延伸，夕阳就在路尽头。似乎走下去，我们就能够遇见。

我把双脚伸进沙土，亲近大地的温度。

抬起头，望见星空。北斗七星还在，她们从未离开。

此刻，我确信拥有了一切。

我亲爱的奈曼时间。

2011 年 9 月 2 日　奈曼益和屯

一只小虫子的秘密

坐在阳面的墙上。

那只小虫子又爬过来，我们不知是谁，将之赶走。谁知，她又执着而来。

这时，就在我们身边，一只幼小的虫子（家伙），正在仓惶奔走

我喜欢跑下（的）墙的感觉

迎着风，跑下（的）墙，是一首诗的模样。

~~我喜欢跑下的墙的感觉。~~ ~~回眸中~~

当我翻过一下（的）墙，又有另一座墙出现在眼前。

这是一片苍茫的（原野）~~我不用去找回家的路~~。（连绵）

奔跑是自由的风。

我记着，自己用双脚抚摸过的墙梁。越过一座座的墙的高度（画廊），我就知道了太阳的方向。

~~我看着太阳~~，不再想回家的路了。（在那方）

我喜欢跑下沙坡的感觉

迎着风，跑下沙坡，是一首诗的模样。

我喜欢跑下沙坡的感觉。

当我跑过一个，会有另一个沙坡等待在眼前。连绵起伏。

这是一片苍茫的原野。

奔跑是自由的风。

这里是母亲小时候曾经跑过的地方。

我记着，自己用双脚抚摸过的坡梁。

熟悉一座沙坡的面庞，就知道了太阳的方向。

从此，不再担心回家的路在何方。

2011 年 9 月 3 日　奈曼益和屯

③ 我把洁净的沙土送给太阳。

上沙坡

天空中，午后太阳躲在浅云中，朦胧可见。

光在一处向阳的沙坡。洁净，柔和。

风停留片刻时，不留痕迹。清晰的，是她的手迹。

露在此

那些

而这些

午后。我们坐在沙坡。天地间，黄色包围着我们。

一切

我们，那么微小。如果此时歌唱，就像是一首悲怆的长调，在这黄色的草原上，沙坡芭蕾，像在千古的草叶间，不见我的声音的

连绵，一片

提，我把洁净的沙土捧在手上，送给太阳。

跪在沙地上

沙土，是柔软的皮肤，独自享受。

仿佛也在诉说

太阳注视着我们。

沉默不语，

这唯一的永恒。

我把洁净的沙土送给太阳

午后，太阳躲在浅云中，朦胧可见。

光在一处向阳的沙坡上游走。干净，圣洁。

风曾停留过多时，那些印痕，是她的手迹。

坐在沙坡的一角。天地间，苍茫，遥远。

我们，那么微小。

如果此时歌唱，就唱一首悲怆的长调吧：

在这曾经的草原上，

沙坡连绵一片苍凉，

低矮干枯的草叶间，

不见我心爱的云青马。

沙土，是柔软的暗语，仿佛也在倾听。

太阳沉默，注视着我们。似乎只有太阳，这永恒的。

于是，我跪在沙坡上，把洁净的沙土捧在手心，送给太阳。

2011 年 9 月 5 日　奈曼益和屯

④ 那些种子的奇迹

这一切

那些小小的黑色的种子，被埋入了土里。

出生在秋天的午后，藏在土里的种子过着怎样的生活，

有时，我翻开一角，小心地扫看，

一切似乎仍在原处。

那些种子向哪里，这是我的疑问。

我静静等待。那些泥土地偶尔被风吹落枯叶，落在种子之上，

似乎在着了什么。

也许，那些埋在地下的种子，是在秋天

点点 mang 懂的绿意 悄然萌发。

当我放慢脚步，经过这一场萌发的奇迹，

这是诞生的神话，

又诚如万物的样本。

种子之上

那些小小的黑色种子，被埋进土里。我看着这一切，发生在秋天的午后。

藏起来的种子们过着怎样的生活，这是我的疑问。有时翻开土地的一角，小心探看。一切似乎仍在原处。

我只有等待。那些盛开在土地深处的梦想，是我所无法触及的星光。

我只有等待。看风吹落树叶，飘过种子之上。

水的到来，仿佛改变着什么。

一夜之间。点点萌动的绿意，悄然升起。

这是一个生命的神话，又如万物本来的模样。

我只有放慢再放慢脚步，经过这一场生命的开始和奇迹。

2011 年 9 月 7 日　奈曼益和屯

①

5 在秋天与一只牛犊相遇

我们相遇时，他刚刚满月。

从他纯净而胆怯的眼中，我看到他对这个世界的态度：

一个新生命的好奇、敏感，胆怯。

在这个秋天，我们之间，保持着友善的距离。

就如，一颗果实与另一颗果实之间，互相温暖。

正如歌中所唱，他有着白鼻梁。

“雨过天晴的草地开着金针花，白鼻梁的牛犊舔着露珠跳跃”

他过着简单的生活，吃草，喝奶，睡觉。

和我一样，

他的行程：围绕家园。

在这个秋天，他被换了主人。

再也我没有见到他。

据说：第二年春天，这只白鼻梁牛犊几次挣脱缰绳，独自跑回家中。

我错过了告别。

今夜，我只能书写他们的事。

与一头小牛犊在秋天相遇

我们相遇时，他刚刚满月。

目光的纯净与胆怯中，我看到他对这个世界的态度：好奇，敏感，恐惧。

这个秋天，我们保持着友善的距离。宛如，一颗果实与另一颗果实之间，相互温暖。

雨过天晴的草地
开着金针花
白鼻梁的牛犊
舔着露珠回家

如歌中所唱，他有着漂亮的白鼻梁。

和我一样，白鼻梁过着简单的生活。

晚上，有时我们一起看星星。

而不幸在于，他的母亲重病在身。初秋的一个早晨，他不得不被更换了主人。据说，离开那天，白鼻梁几次挣脱绳索，独自跑回原来的家中。

我错过了一场告别。今夜，看着星星，我几乎不敢想象白鼻梁的未来。想起那首歌："星星都已经到齐了，你为什么还不来。"

2011 年 9 月 9 日　奈曼益和屯

蜘蛛是编织大师 夜晚的

消失在小路的尽头

太阳落山之后，晚霞悄悄隐没。星星是一颗颗明亮的小眼睛

是又眨出来的。此时，屋檐下的蜘蛛爬出来，

悄悄地 黑夜。小心地 并将自己完美地融入 夜空中

宁静是 他把整个夜晚编织成一张网。

附在天下闪着银光：

于是， 一件精致完美的艺术品： 丝丝的丝，

若有似天，均匀，绵密，环环相扣。

天亮时，他将 独自离开。 夜晚的 精湛而奇妙的创造力。

我舍不得 美，蜘蛛是编织大师。

雨闪的到来，毁掉了这件作品。我为此惋惜不已。

可是雨后蜘蛛，编织的大师，又在不远的地方

创造了另一个佳作。 白天她的

无与伦比的

我发现，蜘蛛是夜晚的艺术大师

傍晚，屋檐下的蜘蛛小心地爬出来，开始结网。

蜘蛛是勤劳的，他选择了黑夜，并把自己完美地融入于黑中。

寂静是属于他的。于是，他愿意把整个夜晚留给一张网。

那张网，在清晨的阳光下闪着银光——

纤细的丝，若有非无，均匀啊，缜密啊，环环相扣，

一件精致、完美的艺术品，在深夜诞生。

天亮时，蜘蛛将作品留下，独自离开。

哦。这位夜晚的艺术大师，拥有如此诡异的创造力。

而风来了。顷刻间，她几乎完全毁坏了这个杰作。我为此惋惜不已。

可是，蜘蛛，亲爱的大师。

这位天才的艺术家，又在另一个夜晚无声地创作了另一幅无与伦比的佳作。

2011 年 9 月 10 日　奈曼益和屯

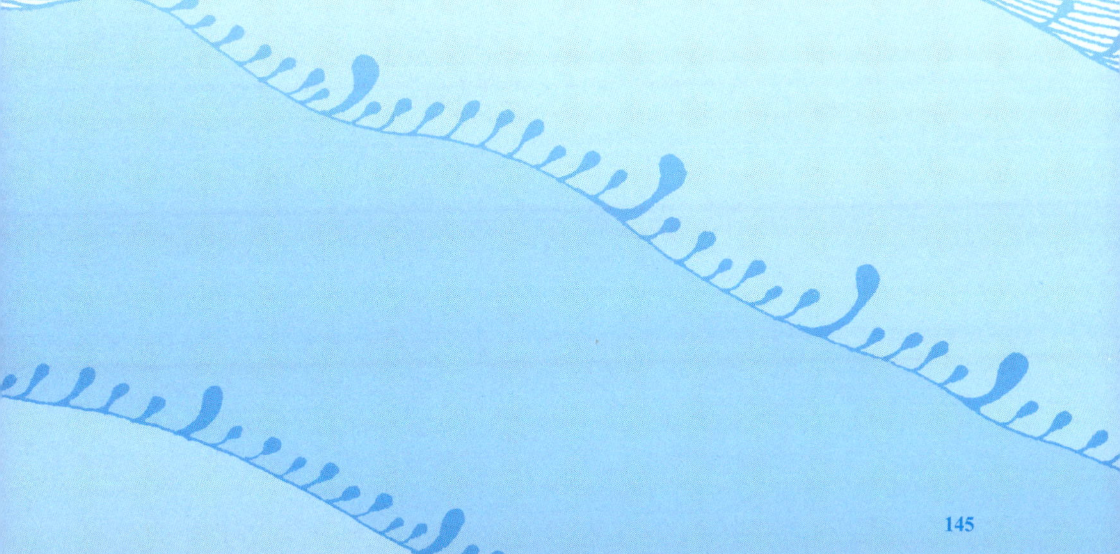

牵牛花

清晨，粉红色的牵牛花，对着太阳欢笑。

午后，她们卷缩回了喇叭，收起了笑脸。

她们以这样的方式结束了牵牛花的一生。

可是。当盛开的花朵走向枯萎时，

总有另一些花苞等待绽放。

从此，我不再忧伤。

仰起头　握住云的手

我仰着头，一直看。

如果我长到和树一样高，就可以握住云的手。那云就会像花布挂

上。

清晨

清晨。

清一晨。我说出了的名字。说出时间。从山泉的流动中。

我并不悲伤

是一阵风，带着她们离开这里的。

我并不悲伤。

我相信，她们还会来看我。

致故乡

牵牛花

苍绿的玉米树旁。粉色牵牛花，仿佛对着万物歌唱。

这个清晨。她独自，隆重开场。

可是。只在午后。

午后。她已缩回喇叭，收敛了笑颜。

如此短暂的灿烂。

母亲和我站在藤前，好像我们自己做错了什么。

哦——

当一朵盛开的牵牛花走向枯萎时，

总会有另一些小花苞等待绽放。

从这一刻起，我们忘记忧伤。

窗前的枯树

窗前的枯树，越发显得孤单。

据说，去年的他还是碧叶遮阴，青春年少，可今年却。

时间是一个变数。我试着理解一棵树的命运。

风过时，另一些树在私语中，唯独他，笔直地站在那里，一言不发。

沉默，是这棵树的姿势，也是其独有的表情。

可我，并不能理解一棵树的心情。

这是我的悲哀。

只有麻雀们，和从前一样，把清凉的歌声送给他。

当我抬起头，枯树仿佛长在鸟群中。

2011 年 9 月 15 日　奈曼益和屯

作者手稿

生命里的某些瞬间

词语静默

盛开在永远不能返回的路旁

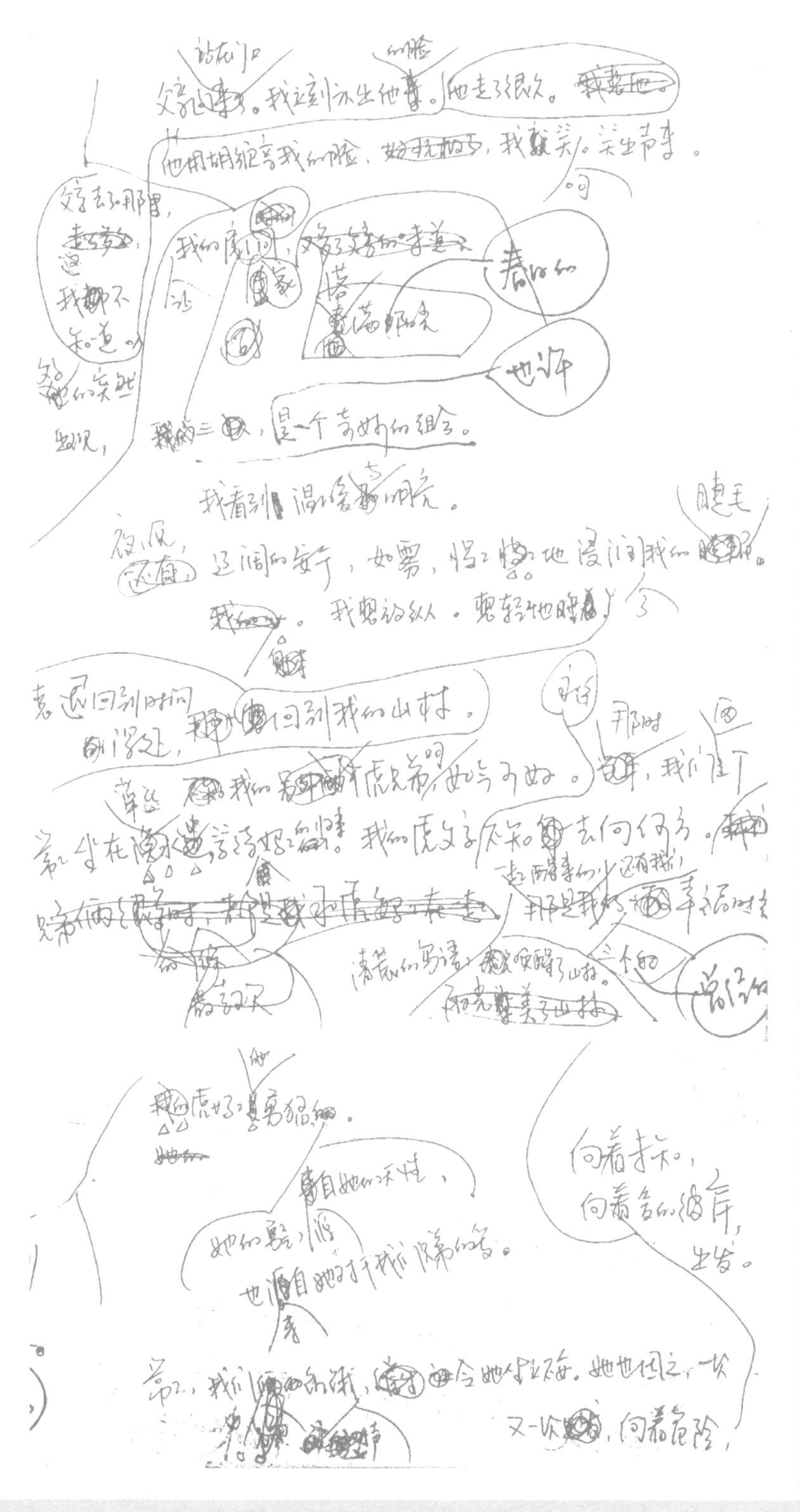

食指的力量
她总是勇敢地站出来
孤独而也坦率。

我越来越 喜欢引以
食指的力量。她总是
勇敢地站出来，孤独而
也坦率。

我喜欢伸出小小的食指，
向着天空。

向着天空
向着天空。
向着天空
向着天空 天空
天空

我喜欢伸出小小的食指，
向着天空的方向，眼睛
那一刻，
我才会真正地感到自己

指向沉默 指向沉默

我的手指向沉默，那是
夜深的梦的 尽头。
我先赞美我的食指
给我的方向。

站在大地上。。。。。

与天空无限接近和融合

站在大地上，感受到自己
与天空的距离以及无限
的接近。

我的手指向沉默
那是夜深的梦境。

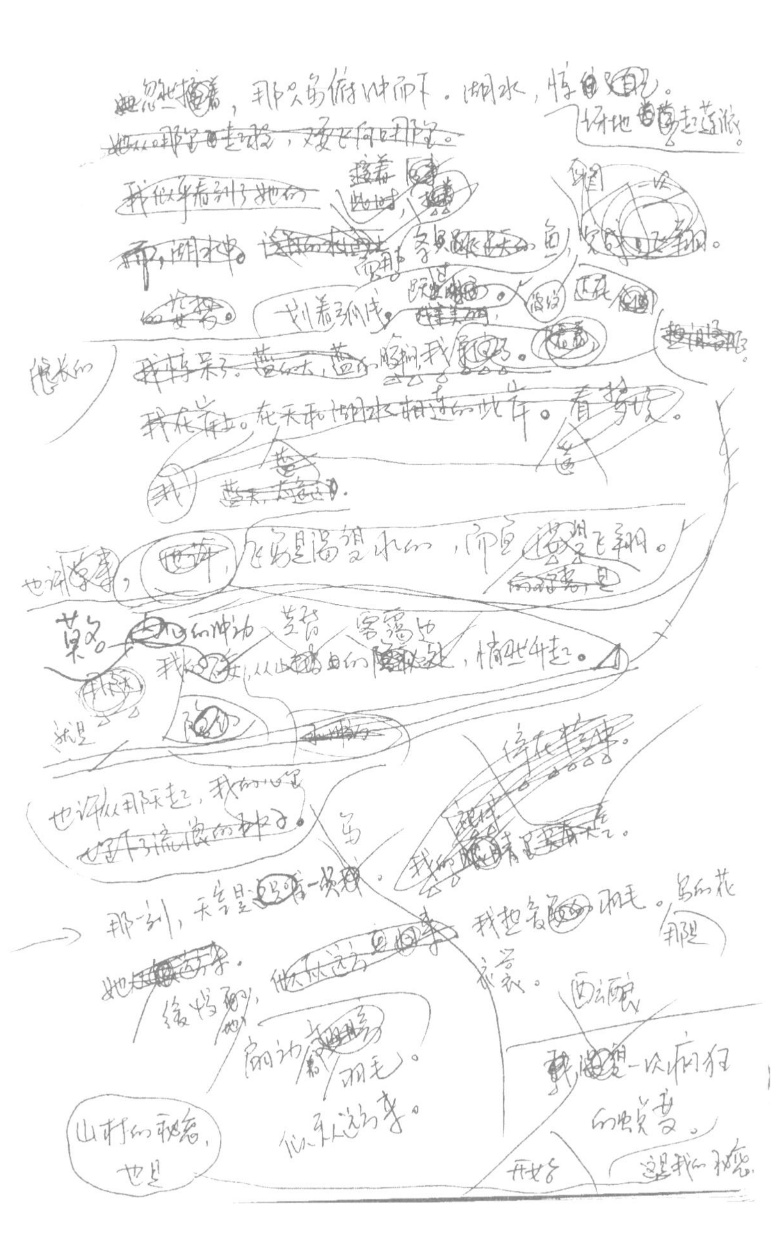

苹果树。

我仰着头，

我看着她们，呼飘飘欲仙。

她们和我告别，慢慢地摇手。

我恍然若失。

盛开在枝头上的苹果，是这棵苹果树[illegible]的寓言。

我看着她们，飘飘欲仙

我看着她们，飘飘欲仙。呼

她们和我告别，慢慢地摇手。

我恍然若失。

很久很久没见过这么美的云了

是否带我到蓝天上去？我伸出手，[illegible]

乘上云朵。

很久没有见过这么美的云了。很久

我该如何感谢她们

从蓝天上飘下来，[illegible]

见面。

我该怎么感谢她们。

我仰着头，一动不动。

她们

又见白云

直意告诉你，她们有多美，

我仰起脸，白云就[illegible]

大字大字。

我[illegible]，她们都听见

最近，我又回到了我的手。
有时，她们存在的手被我忘记。
哪怕当我正用手捧起一只苹果之时。

我的手指向月亮，偶尔停在窗口的月亮。
那是整个夜色中最美的果子。

我又回到了我的手

最近，我又回到了我的手。
超越思想的，她们有
在几年被我忘记，哪怕
当我正用手捧起一只苹果
时刻。

我的手独自择着自由与美

在不停息的时间里，我思考
的那些流逝中，我的手独自
择着自由与美的低唱。
我的手无声地

那里有星星

弥漫着一种能量，超越思想的
自由自由，向着美，向着了解的
远方和方向。
我的手指向那里——
那里有星星。夜晚的

那里有星星。
夜晚的唯一颗闪亮
闪亮的星星。

唯一颗闪亮的星星

唯一一颗闪亮的星星。
我的手指向月亮。偶尔停
在我窗口的月亮，那是整个
夜色中美的果子。

诞生，一个多么新鲜的词语，世界因此而有意味。

语言 一切都有了

~~在我们创造了这个词汇之下，我们……~~

我们以这个词为原点，俯视了自己，走过了世界的关联。

从此有了存在

我们还读是如此的神秘，

我们用身体创造了词和语言，

几年就是

哭。笑。走。跑。多么生动的词汇，我们这样的方式与天地对话。

于是，天空包容了所有的欢笑和哭泣，

大地接纳了所有的行走与奔跑

辉，相互，

在语言中超越，

……的词语。

2011

2008.9.1

1. 独自走在小路上。脚下是松软的泥土。

身边的白杨树成为黑影。

[巨大的]

[隐]

一切都在黑中躲藏并呈现。

抬起头，却是另一个世界。

夜晚的天空呈现出微蓝的表情，星星们的存在，让她的表情更加丰富而深邃。

[比白天要深]

2. 这个夜晚，看到了北斗七星。

她们，和我小时候看到的一样。

从未离开过。

3. 今天夜晚。一只蛐蛐在角落里叫个不停。

我在手电筒的微光下，写字。

感觉夜的无所不在。

4. 邻居的狗也睡去了。

我们把一切都交给了夜。交给了黑夜。

[似乎]

2011.9.2

1. 阳光好极了。从早晨开始，就透明而开阔。

一片片连续的云朵，如花盛开。

不知　　这

我该如何赞美这云的诗意和有云的上午。

2. 苹果树不高。枝头的果子如此悦目。饱满，朴实。

每一粒果实上的红，在逐日加深。

红红地

村庄里每一家都

3. 房顶掩没在树丛中。

红色　显露出　我喜欢远远地望着，

想象红色房顶下的彩色故事。

4. 今晚，月牙透过树影婆娑可见。

这将是一个多情的夜晚。

没

5. 太阳落山之后，晚霞是慢慢隐去的。

星星是一颗两颗慢慢呈现出来的。

此时，屋檐下的蜘蛛爬出来，开始结网。

耐心地

6. 我坐在窗前，看夜色的到来，将我包围。

着　慢慢　轻轻地

忽然抬起头，是星空。

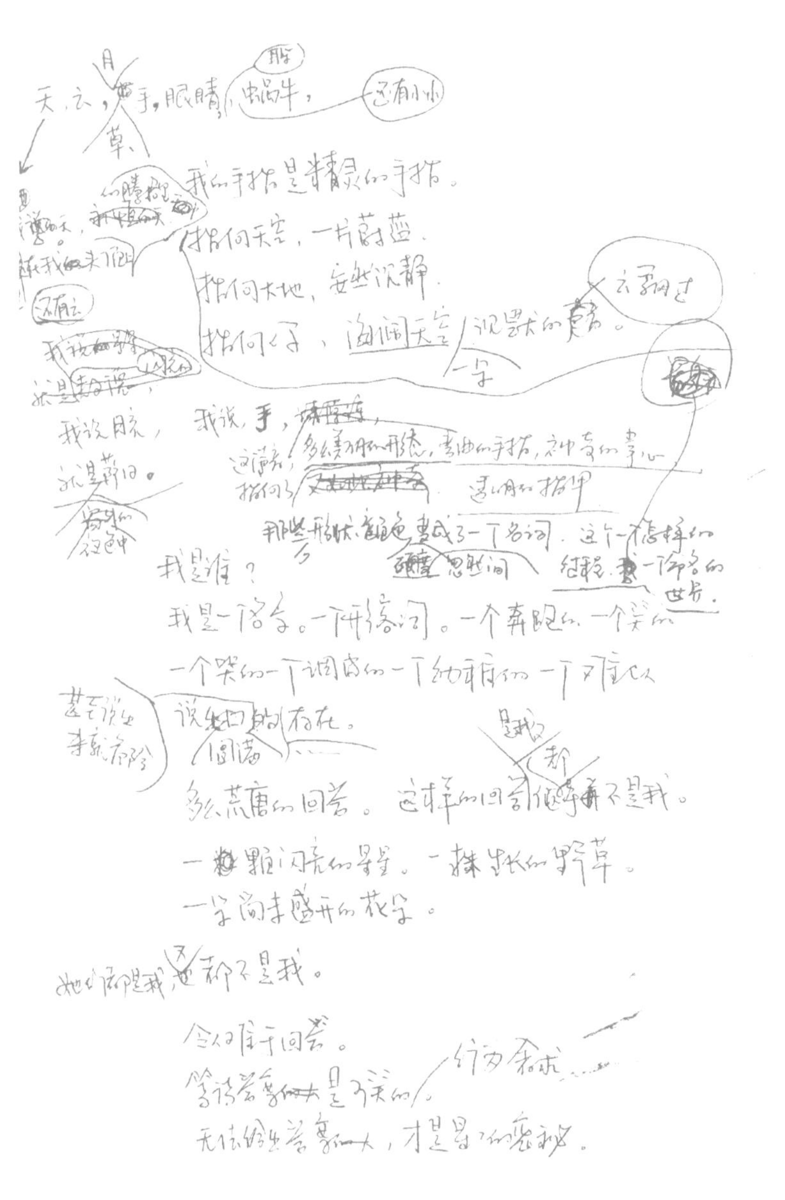

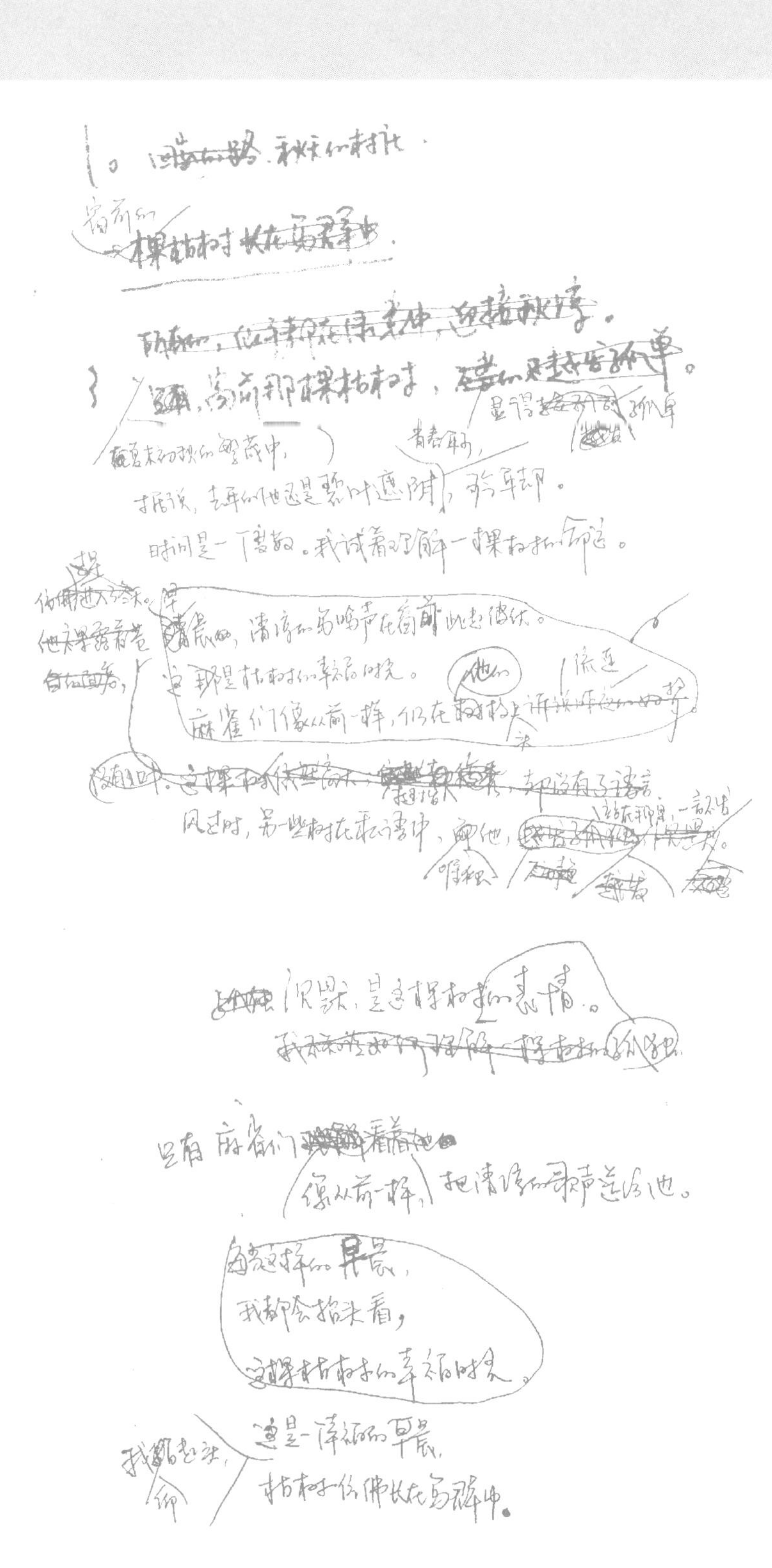

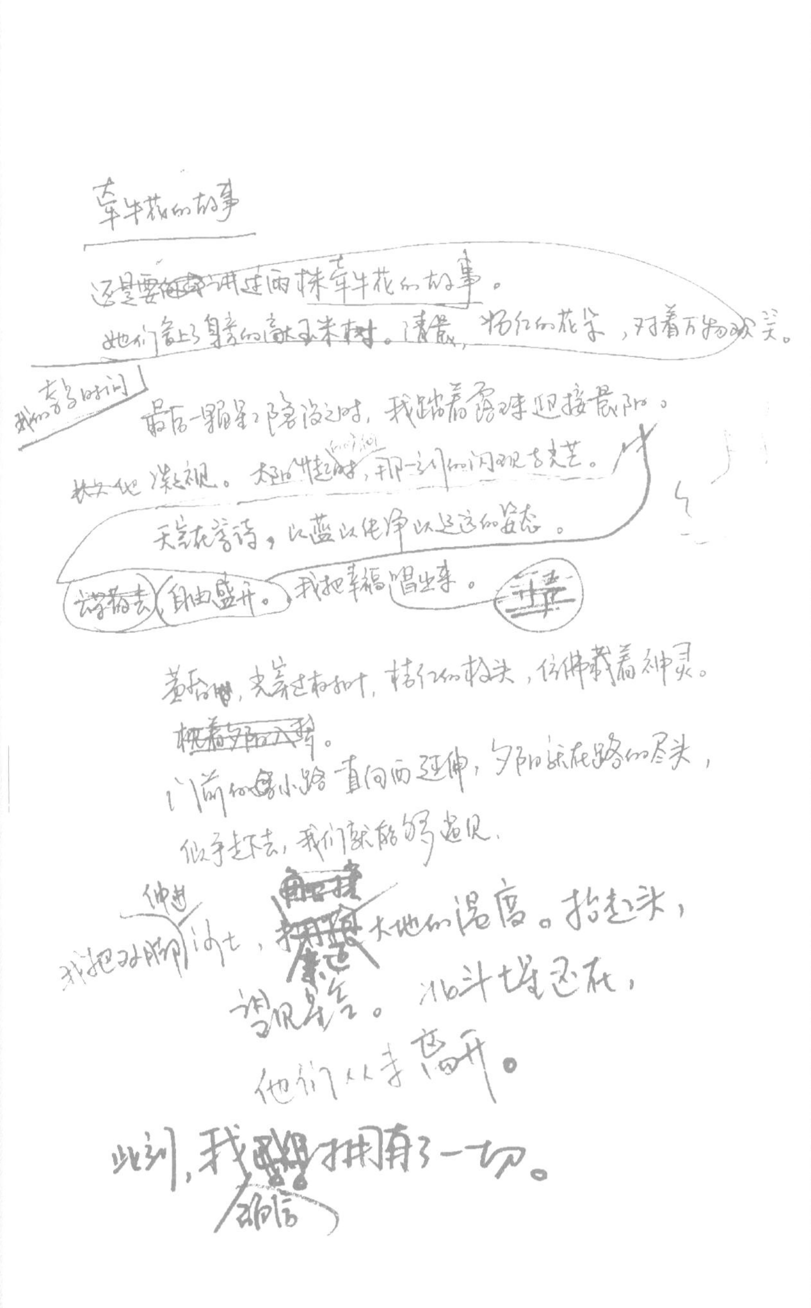

牵牛花的故事

这是要讲述两株牵牛花的故事。

她们爬上了身旁的高大苹果树。清晨，她们的花朵，对着万物欢笑。

我们有了时间

最后一颗星星隐没之时，我踏着露珠迎接晨阳。

热烈地凝视。太阳升起时，那一刻的闪现金光芒。

天空在言语，以蓝以纯净以透达的姿态。

舒展着，自由盛开。我把幸福唱出来。

黄昏时，光亮古老和，枯红的枝头，仿佛载着神灵。

门前的小路一直向西延伸，夕阳站在路的尽头，

似乎走下去，我们就能够遇见。

我把双脚伸出泥土，大地的温度。抬起头，

望见星空。北斗星还在，

他们从未离开。

此刻，我拥有了一切。

深蓝中的鸟声

乌兰其其格

卓拉（宝贵敏），一个时常萦绕我脑海的蒙古文名字，一个让我从喜欢阅读到热爱阅读的人。如果用一种颜色来形容，她是蓝色的。犹如高原的天空，清澈，柔软，如水。我称之为蒙古蓝。她的文字亦如此。那些沉默的词，像一束光织着不事声张的阶梯向上，写出深蓝中的鸟声。

每每读她的作品，都会被她笔尖的世界所带来的那份惊艳与神秘所吸引。而这本《沉默的词》，篇篇清新隽永，给了我非常独特的启迪。她细腻敏锐的思维延伸了我的心境，扩展了我更为长远的视野，她书写的那些场景几乎成为我沉思冥想的对象。

至今我还清晰地记得，第一次读《沉默的词》之《我的前世，我的山林》时，我便醉了，有温热的液体在眼眶里滚动。整篇不到500字，当我将那些词语转化为内心图景时，在我面前呈现出一个幸福的，怀有身孕的女子极美的样子。或更深入固执地想象是一个母体温暖的子宫，脉络清晰，给予着一个生命所需的所有养分，画面极为祥和。她通过“我”描绘了一个生机盎然的愿景，并没有叙述任何事件，却把那个所在的地方带入永恒。

可以说，在我之前的阅读中，不曾有过如此鼓动想象力的体验。我用最初的阅读直觉为此假想选择了画框，挂在了心墙。当我再次复读并亦步亦趋地跟随她的思想一帧接一帧地赏读，不禁在心里惊叹“天呐”！这种隐秘的欣喜，久违了。我知道，我爱上了这些文字。她在

《我的前世，我的山林》里用最精炼简朴的语言暗示了一种美的影响，让人有种想成为一个母亲的冲动。读者能够瞬间沉浸于另外一个世界里，通过心灵之眼，仿佛看到那个“前世”和“山林”并感受到山林中溪水的清凉，嗅到树林的味道。这种主动沉浸无疑是有感动在先。毋庸置疑，独一无二的《沉默的词》是我可以读上千遍的书。

《沉默的词》，通过记录一个新生命的诞生，以及其对这个世界的发现，认识与成长，以孩子的视角唯美地阐释了这个世界。文字流淌着纯净的童真，保留了一方涵养心灵的不一样的天地。

“我的前世，是一只小老虎”“这是今生我唯一想念的事情。我要记住这个来处”，如此诗意又微妙的开始，在那个初读的夜晚，不睡觉似乎是唯一的选择。“冬天，雪覆盖了山林。一切都安静下来。我忽然想离开，想流浪。”经过岁月的孕育，在虎年的冬日，一个安详沉静的日子里，“我”梦见了一个女子。正是这个女子给了“我”一个自由自在的摇篮，那里有山林，有河水，有野草，有星空……万物生长，神秘且有灵性。她把读者从惯例中带出，带入到“我”喜欢在其中漫步之处，那个所在之处的平静祥和忽略了世界的其他部分，以及所有的喧嚣与骚动。

“这是个陌生的地方，我刚刚来到这里”，一切都是陌生的，只有梦中女子的脸是清晰的，乳汁的味道唤醒记忆。“我”与女子的相遇唯美了他们的前世今生。“相遇时，我哭了”“母亲吻了我的左脸”，这是一位母亲迎接孩子的最动容的仪式。这需要何等安详宁静的内心，才可以做到在迎接和赞美生命的过程中，不去过多的渲染，而像花儿，静静地开放。她的深邃思考，使《沉默的词》更具魅力。她的宁静品质，源自一颗平常心。

在我还不够了解宝贵敏时，读她的作品我以为她是一个画家。她以词语来绘画，画面感甚强，有色彩，极富文学想象力，语言优美。而画面与词语带给读者的平衡和舒适的感觉又非常之强大。进入她定义的“沉默的词”的疆域，那轻盈的诗意描写和深邃的意象，让心变得剔透明亮起来。

书中有一些词让我感到温暖，亲切。比如：额吉河，蓝胎记，母语，孤独，自由……它们在此出现，更像是一种证据，暗示我们与世界之间的关系，以及她们之于我们的意义。在书中鲜见有“天堂”“草原”“游牧”等有关草地书写中被反复引用的显性词，更无刻意渲染草原文化的“神性书写”。在作家的笔下，那个她生长又离开的乡土就在岁月的更替里，安静地推进着不变的轮回。尽管这些散文诗的篇幅较短，在寥寥数语的字里行间，仍可一窥那片土地给她源自根部的影响，聆听得到她血管里的马蹄声。宝贵敏借“我”之口诘问：“我是谁？”“而我，置身何处？”位置感是对自我身份的探询，位置是开始的地方，也是精神上的支撑所在。而那唯一的所在不在别处，在“我亲爱的奈曼时间”里，在沉默的词里。

宝贵敏的散文诗，具有一种安静的特质。这种特质为神秘留出更多的余地，你不由得想探寻那个神秘的核心。她用文字构建的灵性空间里，有我们，或至少有我曾经忽略的东西或是等待的事物。我相信，一个总是凝视远方的人，会洞察到另一个世界。就像《眼睛湖》中所显现的。

这是一个飞速发展，信息泛滥而速朽的时代，到处都充斥着浮躁的气息。虽然身居繁华喧嚣的都市，但宝贵敏的文字却总能安安静静，长久地渗透到我的心田，让人敬慕作家“心远地自偏”的境界，她心中怀有来自山林的新鲜空气。

2019 年 1 月 28 日

后记

似乎源于梦境，你踏着白云而来。

于是，我无法停下脚步与手中的笔。

我开始为你而写。

这些词，寂静而缓慢地流淌。

一条孤独的河流，生命中隐藏的那条河流，向着沉默的最深处。

感恩生命中所有的相遇。

感恩因爱而起的一切。

哲学家奥古斯丁说 ："若不经由爱，人们就不能进入真理。"

对此，我深信不疑。

宝贵敏

2019 年 5 月 25 日

图书在版编目（CIP）数据

沉默的词 / 宝贵敏著 . — 北京：民族出版社，2019.5
ISBN 978-7-105-15731-0

Ⅰ.①沉… Ⅱ.①宝… Ⅲ.①散文诗—诗集—中国—当代
Ⅳ.① I227.6

中国版本图书馆 CIP 数据核字（2019）第 088231 号

沉默的词

责任编辑：马少楠
书籍设计：吾要
插图绘画：吾要
出版发行：民族出版社
地　　址：北京市和平里北街 14 号
邮　　编：100013
电　　话：010-64228001（汉文编辑二室）
　　　　　010-64224782（发行部）
网　　址：http://www.mzpub.com
印　　刷：北京中科印刷有限公司
经　　销：各地新华书店
版　　次：2019 年 9 月第 1 版　2019 年 9 月北京第 1 次印刷
开　　本：787 毫米 ×1092 毫米　1/16
字　　数：150 千字
印　　张：11.5
定　　价：99.00 元
书　　号：ISBN 978-7-105-15731-0/I・2987（汉 2843）